민
달
팽
이

이 동 일 시 집

반목수·반농부의 시적일상

민
달
팽
이

이동일 지음

노형

세월을 위로하며

1

그 많은 나무 중에 시선을 잡아끌거나, 무언가 목에 걸린 듯 발이 떨어지지 않는 나무들이 있다. 줄지어 심었던 반송 중에 잘 크지 못하고 찌질한 나무가 두 그루 있었다. 반송은 위로 크는 소나무가 아니라 낮고 둥글게 원을 그려야 제 맛인데 한 그루는 한쪽으로만 치우쳐 줄지어 선 반송 대열의 이단아였다. 또 한 그루는 남들 다 크는 동안 뭐 했는지 왜소한 모습이 눈에 거슬렸다.

'저긴 제 자리가 아닌데.' 옮겨심기로 했다. 한쪽으로만 가지를 뻗은 나무는 석축 단 위에 심어 길가로 가지를 늘어뜨리게 했다. 석축 단 위 낮게 얹은 기와에 엇비슷하게 기댄 채 솔잎을 길가 쪽으로 드리웠다. 십 년 세월 동안 청년의 기상을 닮은 소나무로 자랐다. 왜소한 나무 반송은 텃밭 한 귀퉁이 돌을 놓은 장소 옆에 심어두었다. 그저 죽지 않고 살면 된다고 하는 심정으로. 십 년 세월 있는 듯 없는 듯했던 그 나무는 지금 옹골차게 그 자리를 빛내고 있다. 솔가지가 짧은 것이 일반 반송이 아니라 강송이었다. 더디지만 선이 아름답고 단단한 자기 모습을 찾았다.

　모든 것은 다 자기 자리가 있는 법이다. 옮겨주지 않았다면 내내 반송 틈에 끼여서 찌질한 모습이었을 텐데. 석축 단 위에서, 한적한 큰 돌 옆에서 당당히 자기를 드러내지 않는가.

2

살림채 앞 아랫단과의 경계에 줄지어 선 적송과 그 사이사이에 심어진 반송이 균형과 조화를 이뤘다. 장독대 지점에 이르러 편백 한 그루가 생뚱맞게 홀로 서 있는데 사연이 있다. 건물을 다 짓고 나서 양쪽 가장자리에 편백 두 그루를 심었다. 나중에 현관 입구 쪽의 편백을 다른 곳으로 옮기고 모과나무를 심었다. 그리고는 전면에 반송과 적송을 사이사이 번갈아 심었다. 장독대 지점의 편백 한 그루는 남기기로 했다. 시간이 지나면서 '저놈은 왜 저기에 있지?' 찬밥 신세가 되었다. 더구나 성장이 더뎠다. 적송과 반송이 때를 만난 듯 울울창창한데 편백은 이삼 년 동안 성장을 멈춘 듯 그대로였다. 눈에 거슬렸다. 그러던 차에 나무에 물이 오르기 시작하면서 황금색 잎들이 축축 늘어지고 가지가 엉켰다. 모양새가 영 아니었다. 굵은 가지는 남겨두고 잔가지를 전정하다가 '아차' 하는 순간 생장점을 잘라버리고 말았다. 측백 종류의 나무들은 윗가지가 무성하다. 위로 자라는 가지를 선택하기 어려운데 옆으로 난 가지만 있고 위로 뻗는 가지를 잘랐으니 나무의 모양이 우습게 되어버렸다.

　안타까운 마음으로 이삼 년이 지났다. 위로 난 가지 중 바로 선 가지 하나가 눈에 띄었다. 옆으로 기울긴 했어도 조금만 잡아 주면

나무의 균형이 잡힐 것 같았다. 가지를 세워 줄로 묶어 고정하고 지지대 역할을 하도록 했다. 그렇게 삼각형 모양을 갖춘 편백으로 온전히 보이게 되었다. 지지대 없어도 될 만큼 굵어지면 잘린 생장점을 대신해 위로의 성장도 멈추지 않을 것이다.

3

그렇게 십 년을 나무와 함께 보냈다. 첫 시집 <생각의 끝은 늘 길에 닿아 있다>는 태풍의 한 가운데에서 쓴 시들이었고 이번 시집은 태풍이 지나고 난 뒤의 정적 속에서 쓴 시다. 집 짓는 현장에서 등짐을 지며 노가다 밥상의 인연을 노래했다. 행인서원 텃밭에서 허리 숙여 삽질하고 무릎 굽혀 호미질하며 얻은 시들이다. 마음 다친 아이들의 손을 잡으며 가슴앓이를 하는 시들이다.

　'별일 없는 일상의 날들'엔 시가 쓰이지 않는다. 이런 나날은 시가 읽히지 않는다. 그러니 별 볼 일 없는 일상이다. 일상의 전복은 되돌아봄과 나아감을 통해 가능하다. 머리에서 가슴으로, 가슴에서 발로의 여행이 아니라 머리와 가슴, 손발이 하나가 되는 온전한 인간이기를 갈구하는 일이다. 이번 시집은 지난 십여 년의 시간을 점점이 찍어 놓은 발자국이다. 별일 없는 날들을 별일 있게 만든 '자아'이다.

2021년 4월
어답산 자락에서 이동일

사계

봄은
다시
시작하는 처음.

여름은
땡볕에 나앉아
견디어야 하는 세월.

가을은
열매 맺고
낙엽 지는 순환.

겨울은
또 한 번 덮고
가는 백야白夜.

두 번째 마당

1. 물의 길

2. 환영(幻影)

3. 갇히지 말아야지

4. 산다는 건

세 번째 마당

1. 밭으로 간다

2. 인생 사계

3. 어느 날, 문득

시를 읽고

첫 번째 마당

1

더 낮은 곳으로

문 열어줘

사갈을 튼 기둥에
도리와 보가 사괘 맞춤 되는 순간
관계 맺기의 진가를 본다.
떡메로 툭 쳐 보면
서로를 짱짱하게 받을 건지
맥없이 쑥 들어가
꺾쇠로 고정할지 결정이 난다.

떡메로 내리치는 맞춤의 순간
'빡세다.' 소리가 절로 나야
긴 세월 견디는 뼈대가 된다.
미리 치목한 나무들이
제 성질 못 이겨
서로를 받아들이지 않을 때
'문 열어줘' 하는 소리가 들린다.

기둥의 주먹장 맞춤 홈
끌로 다듬어 입구를 연다.
전체를 헐렁하게 따내지 않아도
문만 열어주면 짱짱하게
받아 안을 수 있다는 사실이 경이롭다.
'나는 아직도 문을 열지 못했습니다.' 고백하며

비로소
세상을 향한 소통의 문을 연다.

마치 아무 일도 없던 것처럼

한낮 한밤을 적신 폭우에
어적 난 석축을 이고 있는
밑돌에서 쪼개진 받침돌.
무너진 삶을 버티고 선
기적 같은 의지를 본다.

부분만 고칠 건지
다 들어내고 다시 쌓을 건지
상처를 딛고 서는 방법도 다르다.
무리가 있더라도
들어내고 다시 쌓는 것이 맞지.

한 번 어긋난 것은
언제든 다시 어긋날 수 있음을
그리하면
아무 일도 없던 것처럼
살아지는 것이 삶인데.

사는 것처럼 사는 때보다
살아지는 때가 더 많아
그저 살아지다 보면
어느샌가
사는 것처럼 사는 날도 오리니.

물오른 나무, 산

단풍만
화르르 물드는 게 아니었어.
맨몸뚱이 어디에 숨겨놓았는지
젖꼭지처럼 몽글하니 새순 내밀더니
어떤 놈은 꽃이 되고
어떤 놈은 잎이 되었네.

앞산 산벚나무
연분홍빛 봉화가 수를 놓고
뒷산 생강나무
샛노란 꽃잎 떨구고
개복숭아꽃 수줍은 듯
발그레 물이 들었네.

여린 꽃잎 다칠세라
조심스레 내린 봄비에
물이 들었어. 온 산이 쑥 올랐어.

피고 지고
한여름 내내 푸른 청춘
마디 굵어 커진 만큼
미련 없이 다 떨고 겨울을 맞을
그리고 다시 봄을 맞을
나무여, 산이여, 숲이여.

첫 마음같이

떨리는 손으로
대패 날을 처음 갈던 목수가
나뭇결을 다듬던 마음처럼

옹이의 폭넓고 좁음을 살펴
기둥 세울 땐
뿌리 쪽은 아래로
서까래는 밖으로
순리 거스르지 않고
집을 짜던 마음처럼

늘 첫 마음이길 기도하는 이
진짜 목수여.

떨리는 마음으로
손목 잡고 입맞춤하던 연인
첫날밤을 맞이하던 그때처럼

인생길이
여유로울 때나 가파를 때나
서로의 빈 곳을 채워가며
그저
길 속에 길을 찾는 날처럼

집도 그런 것이여
집이 아름다운 건, 그 속에
그런 사람 있기 때문이여.
늘 첫 마음이길 소망하는
사람 있기 때문이여

더 낮은 곳으로

허리 숙여야
땅을 팔 수 있는 삽질은
겸손한 노동이다.

허리 숙이고 무릎까지 굽혀야
씨를 묻고 김을 매는 호미질은
낮은 곳을 향한 신성한 노동이다.

추녀 끝 둥지

추녀 끝
평고대 마주한 한 뼘 남짓한 자리
내림마루 기와가 비를 가린 아늑한 공간.

어찌 알고 날아들었나.
한 쌍의 박새
분주히 오가며 마른 풀을 나른다.

충만한 날갯짓 맑은소리
둥지 트는 일에만 열중하다
아차, 기와 위에 올라 사방을 살핀다.

짐짓 둥지 아닌 척
경계의 몸짓 가득 속도를 조절하며
외부에 대한 시선을 확대한다.

허나 다 보이는 것을 어쩌랴
준이와 학이, 이형의 얼굴이 겹치고
내 모습도 어른거린다.

그대로 두오, 그대로 두오.
새끼들 잘 키우고
온전히 살다 가게 그대로 두오.
기도가 절로 나오니

어찌하랴.
처마 끝 비는 피하나
외부의 시선 피할 수 없는 둥지.

내가 다시 '나'가 되던 날

탁해진 눈동자가
피곤한 중년 사나이를 응시하던
그 거울 앞에서

맑아진 눈동자가
젊은 날의 나를 비추던
그 아침.

보려 해도 보이지 않고
들으려 해도 들을 수 없던
찾으려 해도 찾을 수 없었던

그것.
보이는 듯, 들리는 듯, 잡히는 듯
투명하다

돈과 시장에 발 묶인 채
도저히 넘을 수 없을 것 같던 벽.
구멍이 보인다.

보이지 않던 것이 보이고
들리지 않던 것이 들리며
굳이 찾지 않아도 찾아진 듯한 그 무엇이

오늘은
어제와 다른 내일이 된다.

사는 일이 다 그래

남들 하는 일
대수롭지 않게 보여도
다 제 밥그릇 하는 일이란 걸
살다 보면 알아.

손발 맞추어 일할 때
제 말만 옳다는 놈
모두가 그저
시키는 일만으로 하루가 가지.

어찌 하는 게 좋은지
이런저런 얘기 다 듣고
서로 일을 나누고 함께 가는 대장
사람마다 노동의 기쁨이 배가 돼.

생각 없이 일하는 놈
몸은 고되나 일 끝이 없고
수고 없이 일하는 놈
말만 앞서다 일을 그르쳐.

일머리를 안다는 건
시작할 때 이미 끝도 안다는 것.
하다 보면 더 좋은 생각이 나고
일 끝엔 처음부터 그랬던 듯 흡족한 법이지

하지만 말이야.
제 밥그릇 주어지지 않는 일엔
다들 구경꾼일세그려
작으나, 크나 밥그릇을
공평하게 나누어 주어야 해

사는 일이 다 그래

여름날의 느티나무

집채만 하게 당당히
초록 잎 출렁이던 당신
벗어버린 앙상한 몸으로
죽은 가지 툭툭 떨구던 지난겨울.

눈 내리던 날
가지 위에 하얀 눈 살포시 머금고
눈물로 맺히는 걸 보았지
그 시간 참 길더구먼.

봄이라고 아우성치던
그 순간에도 꼼짝 않더니만
더위가 기승을 부릴 무렵
순식간에 피어난 당신.

동네 어귀에
느티나무를 심던 그 마음
한여름 낮
나그네의 그늘이었어.

가지마다
초록 잎 나부낄 때
매미도 덩달아
목청을 높이더군.

그 순간에도
나무둥치 대공의 껍데기를 벗으며
새 살 움 틔우는
느티나무 당신.

늦가을 언저리에

아침 일곱 시, 현장
들녘 안개 걷어내며
동쪽 산마루에 떠오는 붉은 해

얼음물 찾던 때가 엊그제
찬 이슬 밟고 모닥불 피운다.
해가 짧아 서산 모퉁이 노을
하루를 밀어내는 저녁
어둠 내린 밤이슬에 찬 소주를 붓는다.

먹어도 배고픈 것이 노가다 밥상
채워도 빈 곳간이 노가다 인생

오후 내내 기와 따는 작업
지붕에서 내려와 쪼그린 채로
초코파이 입에 물고 퀭해 보일 때
'너, 참 불쌍하게 보인다.'
하하하, 웃음 뒤로

일이 있어, 함께여서 행복한
진정한 노동을 알아가는
춥지만 따스한 우리.

철새가 나는 아침

가득한 안개 어둠에 더하는
들녘 모퉁이 건축현장
모닥불이 찬 이슬을 녹이는 시간
동쪽 산마루 차고 오르는 아침 해를 맞는다.

달그락, 달그락
노동을 시작하는
일꾼들의 아침 식사가 끝나고
하늘을 수놓은 철새들의 비행.

천수만을 향해 난다.
수가 적으나 많으나
멋지게 나열한 비행 편대
정점을 중심으로
좌우 날개를 구성한다.

'아하, 저놈들 생존이 인솔자에 달렸네.'

펄럭이듯, 물결치듯
뒤 쳐졌다가도 어느새 한 무리가 되어
생명의 땅을 향해 간다.
천수만이 보인다.

하지만, 그리 오래 머물진 않으리
또 가야 하리
죽을 때까지 멈추지 않을
날갯짓.

언제, 어디로
날아올라야 할지
시선을 모으고 있는
대장 철새의 모습이 보이는 날.

가거라. 오거라

가는 세월 잡지 않고
오는 세월 막지 않아
가거라. 오거라.

가는 인연 잡지 않고
오는 인연 막지 않아
가거라. 오거라.

사람 살이 다 그래
잡는다고 잡히고
막는다고 막히던.

할 수 있다면
'위하여'가 아니라 '위해서'
'복 많이 받으소'가 아니라 '복 많이 지으소' 하며

사람 좋은 웃음 짓는
그대들과 함께
남은 세월 가리니

가거라. 오거라.

2

그늘막

나뭇짐

아궁이 불 때는 것도 일이라
뒷산 죽은 나뭇가지
주워 모아 불쏘시개하고
실한 나무 골라
장작불 지펴야 하니
나무하는 게 일이라

어설픈 나무꾼
봇짐만 하게 지게 지다
그도 이력이 붙어
동산만 하게 짐이 붙었네
욕심이네그려
다리가 후들 허리가 삐끗
나뭇짐은 커지기만 하네

지게 멜빵 어깨를 파고들고
지게 작대기 휘청이고야
끝내 짐을 덜어내는 미련
아! 제 맘의 욕심을
언제쯤 내려놓으려나.

내 마음이…

봄 기다리는 마음 바빠
지난해 심은 나무에게 물었다.

아직은 아니야
끝 추위가 매운 법
죽은 듯이 있다가
순식간에 피어나는 게 봄이거든.
진달래도, 살구나무도
그렇게 대답했다.

살아있는 척,
용트림하며 삐죽이
새순 내민 듯하나
등딱지가 갈라져 터진 단풍나무.
의심나 땅을 파보니
잔뿌리 내리지 못했다.

봄을 맞는 나무는 두 종류네.
살아있는 척
말라가는 나무
죽은 척
속내로 물을 빨아올리는
생명 나무.

어린나무를 심으며

멀리 보는 사람은
묘목을 심고
눈앞을 보는 사람은
다 자란 나무를 심는다.

아니, 그건
돈 때문인 이유가 더 크다.

과실수는
몇천 원 하는 묘목과
삼사 만 원 하는 나무가 다르고
십만 원이 넘는 나무가 다르다.

정원수는
몇만 원 하는 어린나무와
몇십만 원 하는 나무가 다르고
백만 원이 넘는 나무가 다르다.

다
세월 값이다.

넉넉지 않은 이들이
묘목을 심을 수밖에 없는 것은
아마도, 다가올 세월에 대한
희망을 품고 있기 때문인지 모른다.

장사꾼들이 파는 묘목은
잔가지들 무성히 커 보인다.
반짝 피어나다가
시름시름 앓더라.

옹근 가지 남기고
샛가지들 잘라내야
몸살 앓고 새순 내민다는 사실
왜 몰랐을까.

모질어야 살아남는다.
지금 당장엔
뼈마디 앙상한 몰골이지만
그 세월 견뎌야
실한 나무가 된다는 걸….

아래 가지, 성긴 가지
잘라낼 때마다
내 몸이 곧추서는걸.

내게 주어진 짧은 시간
내일의 봄날을 꿈꾸며
오늘, 어린나무를 심는다.

이 순간

열 서너 살 때부터
지붕 위를 탄 와공 어르신
칠순을 넘겼건만
오뉴월 뙤약볕 지붕 위를
오늘도 걷는다.
벽돌 지며 배운 기술
한평생 막노동
환갑 넘긴 나이에도
형님, 아우하며
거친 입담 소주 한잔에
펄펄 날던 이들이
흙벽돌 한 장의 무게
천근처럼 다가와
몸살 앓을 때

내일 일 몰라
근심 어린 눈빛
빼어 문 담배 한 개비
아프게 쓸쓸하다.
이 땅 아비들의 얼굴
가까운 세월에 닥칠 내 미래
노동으로 뱃살이 빠질 때
내 업에 감사했건만
노동의 일상은 몸을 허문다.
그래도 산다는 건
노동하며 산다는 건
고마운 기쁨이다.
노동하는 이들만이 아는
서글픈 행복이다.

그늘막

그저 서 있기만 해도
줄줄 땀이 흐르는 복더위
그늘 한 줌 그립다.
그곳 서 있던 느티나무
그늘막 되어 쉼이 된다.

내게 그늘을 준 그 느티
정작 자신은 뙤약볕 아래
온몸을 내놓아야 한다는 사실을 몰랐구나.
내 그늘막 아래 쉼을 얻는 이 있으니
정작 나는 뙤약볕 아래 온몸을 내놓아야 할지니

여름 그리고 가을

그늘 한 줌 그립더니
햇빛 한 줌 그리운 날.
숨 몰아쉬던 한낮 더위
어느새 찬바람 불고
옷깃 여민다.
젖어 피어올린 산안개
푸른 이파리 물들이고
시름으로 내려앉아도
살아지는 세월.

나무와의 대화

꽃은 계절로 말하고
나무는 세월로 말한다.
인간은 햇수로 셈하고
역사는 세대로 셈한다.

봄꽃 피는 날
기다리는 시간은 참으로 길어
어린 나무 심어 놓고
무성한 가지 그늘에
쉼을 기다리는 마음 그저 애달파.

변하는 계절에 예민하고
해 바뀜에는 둔감해졌네
늙어간다는 건
강산이 세 번 바뀌는 것.
한 세대가 지나가는 것.

내 죽을 때쯤
무수한 가지 흔들어
생의 마감을 비원해 줄
소나무여, 은행나무여
너 거기, 그렇게 남아
세월을 견디라네.
역사가 되라 하네.

농부는

농부는
밭을 탓하지 않는다.
산비탈이건 자갈밭이건
땅을 갈고 두렁을 지어
한 해, 또 한 해 거름으로 돌보는
밭은 농부 하기 나름이다.

농부는
결실을 탓하지 않는다
재해 때문이건 병충해 때문이건
돌아보지 않고
다시 갈아엎는 땅
봄이면 다시 씨를 묻는다.

밭은
농부의 운명
계절을 받아 드는 숙명

씨 뿌리고 거두는 일을
죽는 순간까지 멈추지 않을
그런 밭을 가지고 있는가.
그대는…….

사는 법

지난봄 심어 둔 개나리 울타리
칭칭 감아올린 가시덩굴.
저 혼자선
바닥밖에 길 줄 모르더니
타고 올라서선
햇빛 독차지하고
개나리는 말려 죽인다.

'이런들 어떠하리 저런들 어떠하리,
만수산 드렁칡이 얽혀진들 어떠하리'
이방원의 '하여가'가 되살아나니
묻지도 따지지도 않고
기어 올라가려는 신자유주의 욕망.

학벌 인맥 드렁칡 되어
부의 세습 넝쿨로 번지는
우리도 이같이 얽혀 백 년을 누리자는데
툭 툭 가시덩굴 줄기
모아내니 한 뿌리일세.

지난여름 베어낸 쑥 무더기
촘촘하게 어깨를 맞대고
소박하게 자라 난 어린 쑥들.

척박한 돌 땅
한줄기로 깊이 뿌리내리고
보슬보슬 고운 땅
잔뿌리 늘려 무리를 짓나니
누구도 해하지 않고
스스로의 세상을 연다.

'이 몸이 죽고 죽어 일백 번 고쳐 죽어,
백골이 진토 되어 넋이라도 있고 없고'
정몽주의 '단심가'가 나를 깨우나니
'길'은 가고 나면 새로 나는 것,
잃어버릴 수 없는 꿈.
'임' 향한 일편단심 가실 줄 모르나니,
쑥처럼 살고파.

그놈

그놈
그놈에게 난
물린 적이 없다.
서너 발자국 앞에서
스르르 한기를 내뿜고
내딛는 발이 당황할 때
흔적도 없이 사라지곤 한다.
나의 적의는 맥박의 빨라짐으로
머리털이 솟고, 돌멩이를 집어 들고
돌 틈으로 기어들어 가는 꼬리만 남는다.

그놈
그놈에게 난
물린 적이 없다.
쪽마루 구석 나뭇단
벗어놓은 허물 껍데기에도
후들거리는 다리, 나대는 심장.
개구리를 탐하는 독 없는 그놈을
숙제처럼 건져 올려 내동댕이친다.
나의 적의는 두려움으로 시작된 너의 억울
장화를 신고 작대기를 두드리는 것으로 끝난다.
돌 틈으로 기어들어 가는 꼬리만 남는다.
그놈은 나와 정면으로 마주 서지 않는다.
해칠 의사가 없음을 분명하게 전하듯
꼬리를 감춘다. 두려움은 배가 된다.
딱 한 번 햇빛 잘 드는 저수지
한 자락에 엉덩이를 걸치려고
풀을 헤치다 마주친 그놈
머리를 쳐들고 좌우로
흔들며 당황해하는
꼴이람.

그놈은
나도 모르는 내 깊은 곳에서
스멀스멀 기어 다니는 욕망의 한 자락
물 생각 없는 놈, 물린 적 없는 나.
본 적도 없는 죽음의 독을 그려
전신에 퍼지는 공포를 만든다.
장화를 신고 작대기를 두드린다.
돌 틈으로 기어들어 가는 꼬리만 남는다.
그놈의 공포로부터
나를 내려놓는다.

지식과 지혜

한 나무가 있어
설레는 봄을 맞아
푸른 청춘의 여름을 지나
겸손의 가을을 물들이더니
잎 떨구며 겨울을 준비하네
그 낙엽 뿌리를 감싸네.

한 나무가 있어
몇 해는 그렇게
더러는 바람에 흩날리고
더러는 뿌리를 덮어
쌓이고 쌓이더니
썩어 거름이 되었네.

한 나무가 있어
첫 열매 맺던 날
몇 안되는 그 열매에
웬 벌레들이 그렇게나 많은지
꽃은 피었으나
실하게 열매 맺지 못했네.

한 나무가 있어
굵어진 마디와 가지에 무성한 잎
풀도 벌레도 더는 넘보지 못하고
의연히 서 있는 자신을 보았어.
그때야 자신도 모르게 쌓여 거름이 된
낙엽의 존재를 알게 되었지.

어린나무는 그렇게
어른 나무가 되더라고

둘 다야

누구는
빗소리 참 맑다 하고
누구는
흐느끼는 울음소리 같다 한다.

누구는
내 웃음소리 참 맑다 하고
누구는
삼켜버린 울음소리 같다 한다.

같은 비
같은 나인걸.

죽을 것같이 더운 날에도
비 한 번 오고 나면
숨통 트이듯

우는 날 있으면
웃는 날도 있는 법
그래야 살아지지 않겠어.

연못가에서

가뭄에 녹조 낀 연못
속이 들여다보이지 않는다.
검은빛의 물살을 가르는 움직임조차
실체가 보이지 않아 두렵다.

단비로 새 물 만난 연못
바닥까지 드러낸 채 투명하다.
크기도 모양도 색깔도
다른 무리
유유자적 공존한다.

고여 있는 나를 본다.
알 수 없는 불안과 초조가
스스로를 숨게 하고
검은 세월에 존재는 없다.

속 들여다보이는 연못가에서
보이는구나.
보이는구나.
확 뒤집혀 새 물 만나야 보이는구나.

친구

늦은 시간에 취한 목소리
'나는 네 뒷모습을 보았어.'
그의 전화를 받았습니다.

외로움 속에
가두어 둔 눈물
절망에 몸부림치는
영혼의 절규

나도 그의 뒷모습을
보고 있습니다.
서로 뒷모습 보아주는 이 있어.
아픈 고마움입니다.

그런 사랑

잊혀가는 거지.
함께 한 시간
훌쩍 지나가 버리고
나도 잊고 살지.
기억 속에만 남아 있는
사람들.

또다시 다른 사람을 만나고
그들도 어느새
잊혀가며, 잊으며 살지.
그래도 마음속 응어리처럼 남아
죽어서야 놓여날
그런 사람 하나쯤.

스물이 가고, 서른이 가고, 마흔이 가고.
흰머리 내려앉은 오십 줄에도
손 내밀지 못하고
바라만 보는 사람
마음에만 남은
그런 사랑 하나쯤
괜찮지 않나.

어떤 만남

'네가 행복했으면 좋겠어.'하는
그의 얼굴은 행복한 얼굴이 아니었다.
그 말은 나에게 하는 말이라기보다는
아마도 자신에게 하는 말인지 모를 일이다.

'꼭 무얼 남기려고 하지 마. 아직도 꿈꾸는 네가 부럽다.'던
무언가를 이루려는 집착은
과욕을 부리게 된다고.
사는 동안 그저 사는 것처럼만 살다 가란다.

그런 그가 '이 모습 그대로 또 보자.'한다.
너무 변해 속 이야기해 본들 소용없는 오늘
변치 않는 그 무얼 놓지 않고 가는 서로가
그래, 이 모습 그대로……. 만나야지.

3

봄날의 배롱나무

나무 이발

관상용 어린 소나무
세월 지나 솔잎만 무성하다.
더벅머리 총각처럼 덥수룩하다.
매만져보니 샛가지, 곁가지 얽혀있다.

굽은 듯 내 뻗고, 치켜든 듯 낮게 드리운
내 마음의 소나무여, 그대 속을 보여다오
한 해 자라 지나온 곁가지
막대 꽃술처럼 펼친 샛가지 다 잘라냈다.

대공에 굵은 가지 선 따라
한 가지 한 솔만 살리니
허전하다, 앙상하다, 초라하다
내가 발가벗은 듯 춥다

겨울에 가지치기라니.
네 보기에, 내 보기에
추울진 몰라도
어린 소나무는 무척 따뜻할 것이다.

가벼워진 가지
거칠 것 없이 새순 준비하는
이 겨울 작아진 몸뚱이로
힘찬 봄을 맞을 것이다.

나는 오늘도 작아진다

안전망 없는 지붕 위 작업하다
공중회전으로 털푸덕
땅에 떨어진 조형
놀라 웅성거리는 사이
괜찮다며, 발을 헛디뎠노라.
미안해하는 그 앞에
나는 한없이 작아진다.

객지 생활 수개월
각시한테서 전화 한 통 없다고
속 끓이는 이형
비가 와서, 추워서, 일 없어서
일 못하는 날들
하루 일당 노동자 노가다 속내를
당신이 아느냐고 묻는 그 앞에
구멍가게 사장이라는 원죄로
나는 다시 작아진다.

모든 길은 자본으로 통하는 시대
비켜라. 쌍라이트 불빛에 겁박당하는
도로 위 초라한 나와 트럭
갓길로 피신한 채 더없이 작아진다.
돈벌이의 수단과 돈벌이의 과정에서.

추녀 곡 잡듯이

직선과 곡선의 조화
그것이 한옥의 미다.
기둥과 도리, 보는
건물을 떠받치는 구조물
수평과 수직이 반듯하여야 한다.

지붕의 선은 곡이다.
모서리 추녀 사뿐히 들어 올린 듯
갈모산방에 태운 서까래가
선자모양의 부챗살을 만들고
휘어들어 간 중앙의 서까래가
나래비 줄 맞추면
끝과 끝이 날개가 되고
안정적 몸통의 선이 생긴다.

추녀와 서까래,
서까래와 서까래를 잇는
평고대는 곡을 이루는 선
추녀에서 시작하는 평고대는
휘어야 제 맛이다
직선인 나무로 곡을 만들면
부러지거나 찢어지기 마련
추녀의 곡이 자연스러우려면
굽은 재목이 있어야 한다.

서까래에 연정을 박아 고정되기 전까지
곡 잡힌 평고대는 타래 줄에 묶여 붙박인다.
선이 자연스러우려면
휜 평고대와 그를 강제하는 줄이 필요하다.

추녀 곡 잡는 대목장처럼
인생의 곡 잡아 볼 일이다.

그냥

한겨울 집의 뼈대를 짠 목수들과
하루 쉬어 가는 날
봄이 오는 길목
어답산에 올랐다.
앞장서 걸었다.
후미에서 구시렁거리는 소리가 들린다.
"어이구, 목적 지향성 인간이라 달라."
올랐으니 내려서는 길,
다리가 후들거려 뒤로 처졌다.
어깃장을 놓던 친구가
후미에 남아 안전판 노릇을 한다.
"뭐, 정하지 않고 그냥 가면 안 될까요?"
"난, 그게 안 돼. 목적 지향성 인간. 맞아."
속마음 들킨 아이처럼 가슴이 휑하다.
흐르는 강물처럼
그렇게 그냥 살아지는 날들,
살고파.

달무리 진 밤

달을 정점으로
예수, 부처상의 후광처럼
원을 그린 밤하늘
육신에서 빠져나온
영혼처럼 빨려든다.
달무리 진 밤
다음 날은 비가 온다니
빠져들어 젖고 싶은 날,
봄이 오는가 보다.

어느새 원은 활이 되고 칼이 되어
수많은 별 속 화면을 바꾼다.
일 년이, 삼 년이, 십 년이.
그렇게 나이 오십 중년의
파노라마가 스치고 간다.
열탕과 냉탕을 한바탕 치르고 난 세월
따스한 온탕에 몸 담그고 싶은 날이여
달무리 진 밤, 나도 달무리 진다.

무당벌레와 노린재

그놈 참
바가지 엎어 놓은 것처럼
반달 모양의 몸통에
스치기만 해도
납작 엎드리는 소심함.
쉼 없이 기어 다니는 것이
그놈의 무기다.
붉은 등 검은 점박이가
천적을 피하는 문신일 뿐
누구에게도
해 끼치지 않는 무당벌레.

그놈 참
로마 병정의 방패처럼
각을 세운 몸통에
건드려도
엎드리지 않는 당돌함.
코를 찌르는 냄새가
그놈의 무기다.
노린내가 난다 싶으면
어김없이 주위를 어슬렁거리는 노린재.

내 이웃에도
수많은 무당벌레와 노린재가
함께 산다.
당신은 그 무엇인가.

오십 고개

스물의 열정과
서른의 좌절과
마흔의 희망을 버무려
오십, 바람이 되었다.

고요하게, 격렬하게
흐르되 멈춰서고
또다시 길을 여는
바람이 되었다고 믿었다.

김포에서 횡성으로
강릉에서 금산으로
서류 가방 하나, 옷 보따리 두 개,
오늘도 낯선 땅, 집 설 자리에 입 맞추고
땡볕에 나무 기둥 그늘마저 감사한 날

젊어 만난 이들이
어느새 육십 줄에 들어서고
체력이 따라주지 않아 몸 사리는 것을 보면서
같이 늙어가는 이들에게 연민의 정 느끼는
서글픈 바람이 되었다.

폭풍우처럼 밀려온 지난 세월
지나쳐 온 그 어느 곳 하나 잊은 적 없나니
바람이 멈추면 소멸인 걸 알기에
잠시 서성거린다. 다시 하늘을 본다.
아직, 갈 길이 많이 남았음에.

집 짓는 이

집은
내 돌아갈 곳이다
발길 머물 데 없는 인생만큼
쓸쓸한 것은 없으리니.

집은 조강지처다
떠났던 이 돌아와
어디 가지 않고 그대로 있네…. 하는
영원의 침실이다.

그래서, 집은
지친 몸 뉘고, 생기를 불어넣어
다시 세상으로 내보내는
구원의 성지다.

아내가 끓인 된장찌개와
아이들의 웃음소리가 함께 있다면
그건 최상의 집이다.
세상일 놓고
객지 나간 아이들 기다리며
텃밭 가꾸며 늙어가는 노년의 집은
귀천歸天의 안가다.

그런
집 짓는 일을 업으로 삼았으니
난, 참
행복한 사람이다.

나이 '쉰'의 詩

詩는 벼랑 끝 언어
스멀스멀 詩가 나오려는구나
삶이 팍팍한 게지.

詩는 밑바닥 언어
토해내지 않으면 숨이 멎을 것 같구나
죽도록 살고 싶은 게지.

詩는 삶과 죽음을 아우르는 언어
끈을 놓을지, 다 잡을지
스스로에게 묻는 경계인 게지.

봄날의 배롱나무

조롱조롱한 붉은 꽃
한여름 백날 피고 지고
이어 달려 나무 百日紅.

그이는 겨우내 알몸이었어
수 없는 가지 뻗어
한 폭의 절경으로 피어나지만
그 시절 가고 나면

가지들은 잘려나가
흰 등뼈에 툭툭 붉어진 마디만 남은 채
시린 겨울 맨몸으로 서 있던 당신

그 밤
터진 손등처럼 갈라진 마디에서 내민 첫 잎
발그스레한 잎들이 꽃처럼 피어나고

두런두런 새싹 터지는 소리에 돌아보니
줄지어 선 봄날의 그대들
산 자들의 처연함이
안개비처럼 젖어있다.

너의 꽃말이
'떠나는 벗을 그리워하다'라니

그 밤, 너는
무에 그리 서러운지 눈물 바람 하더라.

'불' 이야기

구들방 아궁이에
불 피우는 이야기 한 번 들어 볼란가.

기압이 낮으면
굴뚝으로 연기가 안 빠져
장마 자락에 방 습기 없애려
여름날 불 한 번 넣어 봐.
가마솥 자락에 올라 거꾸로 고개를 처박고는
거적 데기로 아궁이에 바람을 처넣어도
너구리 잡는겨.
겨우 불길이 통했는가 싶다가도
굴뚝 연기 솟지 못하고 바닥으로 기어내려.

기압이 높으면
잘 마른 장작불 타오르듯
거센 불길로 고래 둑 타고 넘어가
봉화 오르듯 굴뚝으로 치솟아.
투덕투덕 서까래 굵기만 한 놈
몇 개 얹어 주면
제풀에 살아 춤을 춰.

처음 불을 땔 땐 말이야.
연애하는 기분이었어.
불쏘시개 잔가지 바닥에 깔고
조심스레 불 지피고선
조금 굵은 놈 던져놓고,
기다렸다간 얹고
이거면 되려나 미심쩍어 또 얹고
아궁이 앞을 뜰 줄 몰랐지.
이력이 붙은 다음에는
한 아궁이 차곡차곡 나무를 쟁였어.
불붙인 종이
부지깽이로 밀어 넣기 좋게
고임목 하나 가로지르고
불 잘 붙는 합판 조각과 각목들
밑불로 삼아
중간 가지, 굵은 장작
차례차례 쌓아 올렸지.
신문지 몇 장 꾸깃꾸깃
불붙여 밀어 넣으면
후-욱 하고 한 방에 붙는데
짜릿하더라고.

근데 말이야.
나무 성질에 따라 차이가 크더라고.
생나무는 화력은 좋은데
타다가는 제풀에 죽어버리고
묵은 놈들은 타긴 타는데
불땀이 없어.
밑불이 관건인 거야.
야무진 놈들로
벌겋게 아래를 달궈 놓은 다음
삭정이로 은근히 번지게 하고는
생나무로 불길을 돋아야 하는 거지.
중간에 슬쩍 한 번 들여다봐
앞만 벌겋고 뒤로 불이 댕기지 않으면
중간에서 타는 놈들 한 번 흔들어 줘.
틈이 열리며 밑불이 확 오르게 되어있다니까.
자기 전에 닫아 둔 아궁이 문 열어 봐.
앞자락에 타다 만 굵은 놈들 나뒹굴고
안쪽에 선 잔불들이 잦아들고 있지.
그때 한가운데로 몰아주는 겨.
마지막 힘을 다해 타오르라고……

마음이 닿으면

밤 열두 시가 넘은 시간
전화벨이 울린다.
"여보세요……"
대답은 없고 노래방 소리만 들린다.
'날 잡았구먼.' 그저 듣는 수밖에.

"불꽃처럼 살다가 이슬처럼 사라질 내 인생의 이름을 걸고……"
내 십팔번 '검정 가방'
그 자리에 없는 나를 위해 부르는
너의 노래.

문자가 온다.
'억수로 취했을 때 전화하고 싶죠…. 그게 형이야.'
문자를 보낸다.
'그래. 세상에 그런 사람 하나쯤 있다는 게 얼마나 다행이냐.'

다시 문자가 온다.
'그죠. 우리 잘살고 있죠.'

메주를 만들며

하루 전날 콩을 불린다.
가마솥 한가득 콩을 넣는다.
자박자박 물을 맞춘다.
불을 넣는다.

솥뚜껑이 들썩이며 피식피식 김이 솟는다.
큰 장작 하나 제치고 중간 불로 낮춘다.
노란 콩이 진득하게 익어갈 때쯤
잔불로 뜸을 들인다.
더도 덜도 없이 여섯 시간 꼬박 채우고서야
향기 그윽한 싯누레진 콩을 꺼낸다.

공이로 짓이겨 살 섞이며 한 덩이가 된다.
길쭈마하니, 땅딸하니, 잘록하니
만든 이마다 꼭 저를 닮은 메주를 출산한다.

나무틀에 천을 깔고 짚을 올린 후
귀하신 몸 뉘고
아침저녁 뒤집어주기를 일 주일여.
거실 한쪽 천장에 줄지어 매달리던 날
'인테리어가 따로 없는데'

먹을거리가 익어가는 정경만큼
아름다운 시절 또 있을까.
메주처럼 오래 공들여 묵은 정 나누는
사람 살이 그립구나.

겨울에도 나무는

물을 빨아 당긴다.

그리 두텁게 쌓인 눈일지라도
어느 순간 나무 둥치 둘레엔
흙이 드러나 있다.

뿌리가 땅 위의 눈을
아래로 잡아당겨 녹여 버렸나니

눈 덮인 모든 땅이 얼어붙었다고 생각할 때
겨울나무는 주변을 녹인다.
봄은 겨울에 준비하는 것이라며

겨울 사내 이야기

눈 덮인 밤.
얼기 전 길을 내야 하는 산 사내
눈을 빛 삼아 양쪽 차바퀴 어림잡아 비질한다.

때는 보름인데 구름 아니 걷혔으니
어둑한 하늘.
낮과 밤 교차하듯 달이 출몰한다.

가쁜 숨 몰아내고 허리 펴는데
어둠 걷히며 순식간에 드러낸 몸
내게로 달려온다.

그리 빠를 수가.
달이 스스로 움직이네
순간 생각에, 짐짓 멈춰 선 달.

구름이 연출한 착시로구나.
그제야 전체 하늘을 보니 바람에 떠밀린
서너 개의 대륙이 섬을 이끌고 하늘을 횡단한다.

구름이 지나간 자리 환한 밤이다.

눈이 달빛에 젖고 있다.
희롱당한 한 사내가 속절없이 녹아내린다.
어지러운 발자국들이 멀어져 간다.

두 번째 마당

1
물의 길

나를 위한 위로

달은 그대로 있는데
별도 그 자린데
매일 달리 보인다.

지구가 도니까

사람은 늘 그 자리에 있지 않고
세상도 한 치 앞을 모르게 변한다.
나도 어제의 내가 아니다

생각이 도니까

돌아도 돌아도
무심히 그 자리 지키고 선
그 무엇이 그리운 밤

술기운 빌려 용감해진 마음
18, 가는 데까지 가보는 거지 뭐
용쓰는 내가 안쓰럽다

누가 가라 하지 않았는데
멈추지 못하는 여정
그대, 길을 가는 사람이여

연장

몸은 내 영혼의 연장이다.
마음이 몸을 움직인다는 것을 또한 안다.

젊어, 고문 후유증으로 절름거리던 다리
쑥뜸에 수술에 한 번은 고쳐 썼고

생존을 위한 노동에 혹사당해
다시 수술대 위에 누웠으니 두 번 고쳐 쓴 몸

연장 수명이 얼마나 남았을까 가늠하며
큰 고장 없이 생이 다하길…….

무디어져 가는 몸, 갈고 닦고 조이고
쓰이다가 한순간에 멈춰서길.

저 달 속에 내 마음이 있어

초승달은 첫 마음 같아
드러내지 않고 별들과 하나로 어울려

반달. 절반은 비어 있으니
땅을 탓하지 않는 농부의 마음처럼
욕심 없음에 부러워

보름달은 이루었으나 교만해 보이지 않아
여한 없이 살다 떠난 이의
행복한 얼굴을 보곤 해

달은 그저 달일 뿐인데
초승달이 되었다, 반달이 되었다, 보름달이 되기도 해

소나기 내리던 날 1

강한 태양 고된 노동 끝
내리붓는 소나기는
목마른 이의 오아시스.

땡볕에 나앉은 이들이
쪽마루에 걸터앉아
처마에 흐르는 빗줄기를 본다.

전봇대 줄에 나란히 앉은 참새 모양
주런이 앉아, 빗줄기 따라
자기만의 상념에 빠져든다.

여름날의 소나기
각박한 인생살이에
다디단 오아시스.

소나기 내리던 날 2

낮엔
쨍쨍 일하라 하더니
저녁엔
한줄기 소나기 시원하다.

목마른
고추, 토마토, 오이, 가지
다들 좋아라. 통통통
한 자락 차지한
개똥쑥, 초석잠, 천년초도
좋아라. 한들한들 통통통

고된 노동에 지친
메마른 나의 영혼
황홀한 빗줄기에 씻기우고.

빗줄기에 쫓겨 올라온
쪽마루의 술자리.
두런두런 투닥투닥
처마를 타고 내리는
빗줄기와 함께 깊어가는 밤.

살아지는 것이 삶이지
서로의 마음
보듬어 안아 주는 이들이 있어.
사는 듯 살아지는 거지
소나기처럼 청량한
한여름의 휴식.

강가에서

떠밀려 온 돌들이 강가에 흩어져 섬처럼 솟아 있네.

떠밀려 온 사람들이 도시에 흩어져 섬처럼 살고 있네.

세월의 물줄기 흐르고 흘러 어디로 가는지 몰라.

8월, 복더위에

한 모금 생명수를
온몸으로 갈구한다.
마른 흙 목마른 생명
긴 장마 끝 말복더위다.

호미가 거름이라는
할머니 말씀
하루는 풀 뽑고 하루는 북 주고
또 하루는 물이다.

땅이 젖는다.
대공이 물을 빨아올린다.
가지가 고개를 들고 잎이 춤춘다.
내 몸도 물이 오른다.

해를 본 게 얼마 만인가
별을 본 게 얼마 만인가
호들갑 떨더니
땡볕에 비 그리는 마음.

젖으면 젖은 대로
마르면 마른 대로
견디며
살아내는 들녘에 서서

그게 인생이란 걸
아는 오십 줄 사내
장마 거친 복더위
비가 되어 거친 땀 토해낸다.

물의 길 - 봄

크고 작은 돌들이
맨살을 드러낸 산자락 도랑 입구
안으로 따라 들어가니
물의 길이 선명하다.
우거진 나무 사이로
골을 파고
단차를 주어가며
낙하지점엔 어김없이
큰 돌로 이정표를 삼아놓았다.
경지에 오른 석공의 솜씨마냥
귀를 맞대고 몸을 낮춰
물의 길을 열고 있다.
마른 때를 예비하듯
스며들어 솟구쳐 오른 소沼들이
길목마다 뭇 생명의 오아시스가 된다.
폭우로 넘쳐흐르는 때
존재감 없이 사라지지만
가는 길에
생명의 씨앗 남기는 일이었구나.

물의 길 – 여름

폭우다. 성난 빗줄기다.
가뭄과 홍수를 반복하다.
때를 만난 듯 세상을 들었다 놓는 개벽이다.
둑을 쌓고 물길 돌리려 장막을 짓지만
순식간에 모여든 물이 하나 되어
골을 파고 길을 넓혀
폭포를 이룬다.
거만스럽던 큰 돌들을 굴려 내리고
그 위로 잔돌들이 차곡차곡 쌓인다.
이제 하구는 평평한 자갈과 모랫길이 된다.
기어코 제 물길 찾아
허물고 흐르는 저 물은
진정, 강물이어라.
모든 물은 강물이어라.
강의 길이어라.

정말
아무 일도 없었다는 듯
구르던 돌과 흘러 내려온 나뭇가지 위로
태양 볕이 따갑다.
한 번 시작된 물은 장강을 이루지만
비 그친 날
맨살 드러낸 땅 위로 일상이 찾아온다.
그때
모든 산과 들의 생명이 열매를 맺는다.
조용히 씨를 맺은 결실이
땅속으로 썩어져 씨앗을 숨긴다.
그 여름을 추억하며
잎은 물든다.
새벽이슬이 토닥토닥 등을 두드리며
또 한 번, 생의 고개를 넘는다.

물의 길 - 겨울

얼음장 밑의 물은 흐르는가
흐른다.
소리죽여 흐른다.
두껍게 방어막을 치고
봄을 예비하며 속삭인다.
마른 물길 자갈 위에 눈이 쌓이고
오아시스로 솟은 소沼의 물과 만나
살아있음을 빙판으로 조각한다.
강으로 흐르지 못한 물
바다로 이르지 못한 늦깎이들이
호수가 된다.
한겨울 물의 정체는 호湖의 수水이다
그 안에 깃들이는 생명이 있나니……

텃밭에서의 기도

텃밭에서 나는
풀의 가해자가 된다.

'쑥같이 살아라' 하면서
밭을 위협한다는 이유로
뿌리째 뽑아 근원을 없앤다.

새로 심은 모종을 들썩이며
개미들이 집을 짓는다.
눈 하나 깜박이지 않고 집을 허문다.

나무를 감고 오르는 넝쿨들엔 적의를 드러내며
민들레, 질경이엔 측은지심이 동한다.
모두 제 생명의 순리이건만

필요에 의해 남기고 없애는
생존의 본질
아마도, 신이 필요한지 모르겠다.

용서의 기도를 올려야 하기에.
화해의 기도를 받아줄 이 있어야 하기에.
공생의 세상을 여는 메시아가 와야 하기에.

나는 가해자이고 싶지 않아.
그 마음, 바닥을 기며 풀을 뽑는다.

얻기 위해서가 아니라
내려놓기 위한 고해성사告解聖事 라고.

술술술

제대로 한 번 취해보지 못했다
아니 취하지 않았다.
기껏 맥주 한 캔으로 마른 목을 축일뿐

지치고 허기지니 술이 댕기더라.
점심에 한 사발, 참에 한 사발, 저녁에 한 사발
취하니 고된 삶도 느릿해져

술로 버텨내는 오십 줄 노가다 인생
막걸리 떨어진 날, 소주가 입에 붙데
'그 쓰던 소주가 맹물 같았어.'

점점 늘어가는 술잔만큼이나
나이가 들고 세월이 가는구나
이제, 제대로 한 번 취해보는 걸까

술에 취하고, 노동에 취하고
내려놓으려 애쓰지 않아도
놓이는 세월

가을 건너 겨울이 코앞이다.

무당개구리와 참개구리

눈도 안 보여
짙푸른 녹색 바탕에 검은 점박이
풀숲에 구분이 안 돼.

가만히 들여다보니
길쭈마한 얼굴은
천적인 뱀의 얼굴을 닮았어.

신 내린 무당처럼
범접치 못해, 천적도 피해가기에
무당개구리던가.

검은 점박이
등딱지 뒤집어 붉은 배.
위험 앞에선 늘 배를 드러낸다.

어찌하랴, 천형을.

무당개구리 울음소리 잦아드는 한여름
연못가 풀 섶에 숨은 참개구리 초록 등
울음주머니 내민 턱, 맑은 눈.

참개구리는 울지 않는다. 여기 있소 알리지 않는다.
천적의 스치는 소리일까. 물로 뛰어드는 놈
수련 위에 앉은 자태로 내가 '참'개구리요 한다.

같은 개구리 종인데
어찌 그리 다를까 생각하다
'사람도 그래'
호흡이 거칠다.

나는 '참'인가.

같은 소나무라도 격이 달라.
밋밋한 산허리에 울울창창 빼곡히 들어찬 놈들이랑
깎아지른 벼랑 끝 바위에 뿌리내린 놈이랑.

같은 소나무라도 세월이 다른 거지.
쭉쭉 뻗어 재목으로 실려 나가는 놈들이랑
굽고 휘어져 쓸모없어, 끝내 산을 지키는 놈이랑.

같은 소나무라도 차림이 달라.
꽃무늬를 수놓은 듯 얇은 비단옷을 입은 놈들이랑
깊게 주름 패인 갑옷을 입은 놈이랑.

우린 알고 있지.
같은 소나무라도
한 생生이 다르다는 걸.

2

환영 幻影

새해 첫날의 단상

민들레 홀씨 날갯짓하듯
수천의 눈꽃들이
송이송이 내려앉는다.

나 여기 있다고
사람이 여기 있다고
송전탑 위로, 굴뚝 위로, 종탑 위로 오르더니

안녕들 하시냐고
안녕하지 못하다고
송이송이 사연 담아 길 위에 선다.

녹는다. 녹아들어
대지를 적시고, 생명의 물을 길어 올리리니
지나간 시간이라 아쉬워 말자.

어차피
하루, 한 달, 일 년이 해넘이하고
손님처럼 맞은 또 한 해
살아내야 하는 것을.

환영 幻影

I

쿵
소리가 들렸다.
신음하는 박새 한 마리

덜컥
가슴이 내려앉았다.
저놈이 왜

유리 창문에 비친 거대한 나무
쏜살같이 내려앉는다.
튕겨 나간 몸뚱이

쿵
소리가 들렸다.
내 몸뚱이 거기 널브러져 있었다.

Ⅱ

말이, 말이 아닐 때
사람이, 사람이 아닐 때
사는 게, 사는 게 아닐 때

그 사람의 말보다 표정을 읽게 되고
가까이도 멀리도 하지 않으며
마음의 끈을 놓았다 잡았다.

그때, 보았을 거야
유리와 햇빛이 만들어 낸
생생히 펄럭이는 가지와 잎들

신기루처럼 사라지기 전에
온몸을 날려 안기고 싶어졌겠지
저거야. 바로 저기 하면서

III

이마에 피가 흐르고
부리는 깨지고
날갯죽지도 잃었다.

나무는 사라졌다.
차가운 유리 벽만이
숨통 끊어진 한 마리 새를 내려다볼 뿐

청춘의 죽음
깨진 부리처럼 휜 손가락
두 손으로 새를 안는다.

어린 자두나무 밑둥치
흙을 파고 묻는다.

너의 꿈이
다시 환영이 될지라도
나무여. 나무여. 나무여.

IV

세월 지나
듣는 귀가 열린 한 소녀가
자두나무 앞에서 박새의 소리를 들을 거네

소녀야. 나는 역사를 민중의 혁명사로 보았어.
유리 벽에 부딪히는 순간
인간의 역사는 배반의 역사라는 걸 알았지

자두나무 거름이 된 순간에야
다 잃었을 때
다시 시작되는 생명을 보았어.

두꺼비가 뱀 앞에 이르러
스스로 먹이가 된 후
새끼들을 세상으로 내보내듯 말이야.

V

슬픔에 찬 소녀는 묻겠지
그냥 그 나무에 앉아 있지
그림자에 왜 마음을 빼앗겼냐고

그림자. 그건 그림자가 아니야
다른 세상이지
반사된 실체 없는 실체인 거야

햇빛과 바람과 나무의 조화가 이루어낸
共有. 共生. 共存.
그 세상을 날고 있는 한 마리 새.

경쟁하지 않아도 내 자리가 있어.
악다구니 쓰면서 먹이 경쟁을 하지 않아도
필요한 만큼 나누어 쓰는 세상에 대한 꿈

VI

쿵
소리가 들렸다.
깨어나는 박새 한 마리

덜컥
가슴이 내려앉았다.
이놈이 살았네.

그리고 보았다.
유리 창문에 비친 거대한 나무
떼 지어 날아드는 새들의 날갯짓

쿵 쿵 쿵
소리가 들렸다.
벽을 부수고 비상하는 새들의 날갯짓

매달린 메주를 보며

살아, 펄펄 날 것 같던
콩들이
삶아지고, 이겨져 메주가 된 후

이리 뒤척, 저리 뒤척 몸조리하고선
대청 한편에 매달렸었지
서툰 솜씨로 꼰 새끼줄에 의지한 채.

솜사탕처럼 피어오른 곰팡이들이
투덕투덕 갈라지는 몸속 깊이 파고들며
세월을 이겨내더니

허, 작아진 몸뚱이로
헐렁해진 새끼줄, 위태롭다
거기, 불현듯 스친 오십 줄 사내 모습.

항아리에 몸 뉘고
장醬으로 풀어질 날
얼마 남지 않았구나.

몸이 말한다

세상일에, 돈에 쫀 날은
오줌발이 시원찮다.
먼저 알고 졸아들었다

고된 노동에 욱신거리는 육신
뉘고 가만히 소리 들어보면
우욱 – 느낌이 온다.

몸이 먼저 알고 소리친다.
허리야, 등이야, 목이야, 팔이야, 다리야.
찌릿찌릿 찌르르 신호가 온다.

다독여야지. 살살 어루만져
토닥토닥 아픔을 같이할 때
그도 풀어지리니.

아픔을 아는 것도
치유하는 것도
내 몸인 것을.

革命혁명

비탈진 밭의 김매기는
아래에서 위로 올라가야 한다.
쪼그리고 앉아 아래로 처박히며
풀을 뽑을 순 없다.

농투성이 천년 지혜라

경사진 도로의 눈을 쓸 때는
위에서 아래로 내려와야 한다.
눈덩이를 밀어 올리며
힘을 뺄 필요는 없다.

머리께나 쓴다는 식자들의 판단이다.

그때마다 행함의 이치가 따로 있나니
몸 쓰는 이는 위로 치받아 올라가고
머리 쓰는 이는
아래로 몸을 낮춰 내려가야 할지니

아래로부터 들어 올림이
위로부터 내려앉음이
만나게 되는 것

共有 · 共存 · 共生

꿈이어라, 이룰 수 없는 꿈이어라.
그래서 또 영원한 꿈이어라.

망우리

불씨가
마지막 힘을 다해
힘껏 타오르도록.

돌려라. 돌려라.

불꽃이 타올라
원을 그리며
불티로 날아오른다.

가거라. 가거라.

사라진 불꽃
별이 되어
밤하늘에 걸렸다.

겨울 풍경

게으른 아침 한술 뜨고
점심 대신 막걸리 한 사발
들이키고 나면
발가락이 춤을 춘다.
온몸의 긴장이 녹아내린다.
몸은 나른하고 마음은 느슨하다.
詩가 나오려는걸
흐뭇한 미소
그래 한 잔 더.
땡볕에 나앉았던 세월 뒤로하고
한 계절 쉬어가라 한다.
빚 걱정에 하루해가 짧아도
지금 나는 행복하다.
어차피 인생, 한 번 왔다 가는 거
'전세 아니면 월센데 ······'
개그 대사 한 번 읊으며
속박에서 벗어나
취한 척
지금 나는 행복하다.

못 믿을 '말'

입만 열면 '사랑'한단다
사랑한다는데 왜 믿지 못하느냐고
성내며 행패를 부린다.

입만 열면 '국민행복시대'를 연단다.
'복지'니, '경제민주화'니 다 물 건너가는데도
조삼모사, 선보았던 놈들 욕하면서 자기만 믿으란다.

연애할 땐 사뭇 달라 보였지
그 싫어하던 빨간색으로까지 옷 갈아입고는 구애하기에
설마, 저렇게까지 말해 놓고 딴소리 못 하지 했거늘

개뿔, 천성을 어찌하랴
천연덕스럽게 '나 믿지'하면서
집안 재산 다 거덜 내는 걸 눈앞에서 보아야 하다니.

대놓고 바람피우면서
이건 바람이 아니라고 우겨대니
당장 갈라설 수도 없고 헛갈린다. 당신.

오직, 당신을 위해 살겠노라.
눈 부릅뜬 채 덤벼드니
사람, 환장할 노릇이다.

'문'이냐, '벽'이냐

잠깐 '문'이 열린 사이
빛을 보았다.
그리곤 다시 문이 닫혔다.
문을 열라고
두드리고 소리 지르며 아우성쳤지만
닫힌 문은 쉽게 열리지 않았다.

"길이 닫힐 때 길이 열린다"

어둠에 익숙해지자
견고한 벽체가 사방을 가로막고 있음이 보였다.
성채를 그냥 두고
문으로만 빛을 보라 누가 정했는가.
영원히 닫히지 않는 문.
어디나 비추는 빛이어야 한다면
문이 아니라 벽이다.
문고리 잡고, 여니 마니 졸렬하게 굴지 말고
담대히 벽을 허물어
만인의 빛을 이루어야 하리니.

문이 닫혔을 때 뒤돌아서 벽으로 향하라.

시인의 소명

시인은
화장발로 덧칠한 권력의
민낯을 보아야 한다.

시인은
담합과 독점의 더러운 뒷골목
맨살을 드러내야 한다.

그리하여 시인은
닫힌 귀를 열고
얼어붙은 입을 녹여야 한다.

그로 인해 시인이
시대의 십자가를 진다면
그건 바로, 부활의 징표다.

전사

하루에
詩가 서너 편씩 쏟아지는 날

나는 전사가 된다.

미처 알아채지 못했던
내면의 깊은 울림이 흔들어 깨우던 날

나는 전사가 된다.

허공을 향한 과녁이
딛고선 땅으로 향할 때

나는 전사가 된다.

부름을 받지 못해도
소명처럼 거역할 수 없는 길

그대, 홀로 선 전사여.

민심

백성의 마음은
원래, 힘센 놈에게 붙는 겨
괜히 줄 잘못 섰다가
밥그릇 뺏길 일 없으니까
그래, 자발적 충성과 복종이
권력을 떠받드는 민심이 되는 거지
불안해서 그런 겨
더 센 놈이 나타나, 확실하게 승산이 없는 한
민심은 그 속을 드러내지 않아
색깔 전쟁을 겪은 민초들이야 오죽할까
민심은 그저 물 흐르듯 대세를 따라가는 겨
백날 탓해봐야, 죽은 자식 부랄 만지기여
백성을 움직이려면 마음을 얻어야 혀
말 놀음이 아니라 실력을 보여야 하는 거지
그게 가능할 때에만
세상을 바꿀 수 있어. 안 그런가.

밑불

밑불 없이
장작불은 타오르지 않아

이름나고 행세하고픈
장작들이 즐비하지만

밑불이 사그라지면
불도 함께 꺼지는 걸

작은놈부터 큰 놈까지 몸 섞어
밑불 되길 작정하지 않으면 타오르지 않아

밤새 지필 통나무 얹어도 될 만큼 충분하게
그대와 나, 밑불로 타오르는 건 어때.

봄눈 오시던 날

아주 작은 몸짓
소리 없이 내리는 눈
바라보았소.

어쩌지 못하는 발걸음으로
처마 앞을 나선 순간
살갗에 녹아드는 물기
파닥거리며 몸을 털었소.

그렇게 걸어
나무 앞에 머무는 순간
흘러내려, 발부리를 간질이며
실뿌리가 내리더이다.

봄눈 오시던 날.

문득

말이 말 같지 않은
글이 글 같지 않은
어지러운 세상
들끓는 욕망을 목도하며

시인 김남주의
'혁명의 길'을 읊조린다.

[어려운 것은
　지하로 흐르는 물이 되는 것이다. 소리도 없이
　밤으로 떠도는 별이 되는 것이다. 이름도 없이]

3

갇히지 말아야지

나무를 붙잡고

우네
하염없이
나무를 붙잡고
우네

옛말
하는 때가 오겠지
터져오는 울음을
삼키며

우네
아무 일 없단 듯이
나무를 붙잡고
우네

여행

훌쩍
가벼운 배낭 하나 메고
떠나고 싶은 마음
목마르다
삼백육십오일, 그 많은 날에
비울 수 없는 붙박이 삶은
천형처럼 지고 가는 업보
돌아올 걸 생각 않고 떠나는 길은
여행이 아니듯
돌아오고파 떠나고 싶은 마음은
너와 나, 우리 모두의
오지게도 진한 비나리일 터.

갇히지 말아야지

누워
천장의 둥근 형광등을 본다.
투명 아크릴판 위에
시체들이 즐비하다.
불빛의 유혹을 뿌리치지 못하고
기어들어 갔지.
죽을 자리인 걸
몰랐지.

검은 점박이 붉은 무당벌레가
지난 늦가을 새까맣게 벽에 붙더니
그중에 집 안으로 들어온 놈들
동면 끝에 봄을 맞았건만
어찌하랴
살자고 들어 온 곳에
갇혔구나.

봄기운에 종종걸음 치며
길을 찾지만, 그저 맴돌 뿐
그곳이 무덤인 줄 모르면서
한 놈 한 놈 기어드는구나.
어찌 해보지 못하는 운명처럼
갇혀 버둥거리는 모습

누워
중얼거린다.
갇히지 말아야지.

지게질

지난 늦겨울
뒷산 간벌한 곳에서
한 해 땔감을 쟁여 놓았다
올겨울은 따뜻했지
그 많던 불쏘시개, 통나무들이
한겨울 몸 살라 따뜻이 나고 나니
텅 비었네

다시 온 늦겨울, 아직은 이른 봄
끄집어 내리지 못했던 놈들을 거두려
낫질하네. 톱질하네.
가시나무, 넝쿨들 잡목까지 쳐가며
오체투지 길 닦는다고
허허로운 노동으로 하루가 간다.

세월을 견뎌내는 법. 세월을 이겨내는 법
이러다 道트는 건 아닌가
실없이 웃다가
후달리는 지게질에 송골송골 맺히는 땀방울
한가치 담배 연기로 피어오르는 상념이
生의 하루를 마감 짓는다

세상과 떨어져 스스로 가두고
그 안에 길을 낸다고.
맹랑하리만치 고집 세운 길
지게 작대기가 부러지도록 쌓은 짐
일어서기조차 힘겨워
떨리는 발걸음으로 내리 딛는다

아!
견딤의 지게질이여.

잘렸어도

담벼락
마디 잘린 담쟁이 넝쿨
가위질당한 듯
툭 툭 끊겨
그가 뻗어갔던 선만 보인다.

잘려도 살아!

토막 난 마디가
돌담 그러안고 실뿌리 내린다.
애처롭게, 위대하게
독립된 한 생을 여는구나.

그렇게 너는
스스로를 분리해
한여름 벽을 덮는구나.

잘려도, 쪼개지지 않고
수를 늘려
한 넝쿨로 피는구나.

사는 의미

초봄
생강나무가
산수유가
가지에 꽃을 물었다.

일찍 찾아온 봄
개나리, 진달래가
화들짝 피어났다.

삭막하던 잣나무 숲 아래
이름 모를 새싹들이
키 재기를 하고 있다.

봄은 그렇게
소리 없이, 순리대로
제 싹 틔우고
꽃잎 물어

사는 의미를 부여한다.

내 이제는

불이 안 붙기는
생나무나 묵은 나무나
매한가지여.
그놈들은 지들만으론
불을 사를 수 없지.
잔가지 밑불 위에 얹어져야 하고
불길 잦아들어 연기만 토해낼 땐
마른 장작 던져 넣어야 하는 겨.
훅-하고 불이 붙는 순간
제 몸 태우지 못하던 놈들도 덩달아
불길로 타오르더라고.
순간, 자욱한 연기 거짓말처럼 사라지며
고래 둑으로 빠져나가데.

세월 견뎌오니
뜻하지 않게
마른 장작이 되었어.

손바닥 선인장

선인장 중 유일하게
태생이 한국이란다.
백년초도 아니고 천년초라니.

손바닥만 한 몸 하나로
버거운 자식, 손자 겹겹이 매달고
꼭 그만하게 툭 툭 떨어져
제 뿌리 내리는 그대여.

칠월 한여름
노란 꽃봉오리 피워내고선
빨간 열매로 맺혀
효소로 몸 녹이고
몸조차 내주는 당신이여.

한 번 뿌리 내리면
삼십 년을 거뜬히
그 자리에 버티고 있다는 너.
눈 속에 갇히고 얼어 자빠진 몸
손바닥 펴듯 일어서는
봄날의 네 모습은
참으로 대단했어.

너여, 나여
손바닥만 하게만 살자꾸나.

시간이 흘러도

강산이 세 번 바뀐 세월 흘러서야
그때, 그 시절 이야기를 할 수 있는 사람들
참으로 모진 세월이었다.

누가 어느 조직, 어느 정파에서
무얼 하며 살았는지, 운동은 언제 그만두었는지
그 후론 무얼 하며 살았는지

이제야
숨 한 번 참고, 울음 삼키며
고백처럼 토해낸 옛이야기들

그러게.
너도 나와 같이
참, 모진 세월 견디어 왔구나.

이제
이념, 노선, 정파 따지지 않고
사람으로 만나지려는가 하는 순간

아닐세. 천성이네 그려
형태만 다를 뿐
죄다 제 방식으로 살아가네.

변하지 않는 건 사람이구만
참으로 징그러운 세월이요.

옹이

목수는
옹이를 피해 톱을 넣는다
나무꾼은
옹이를 피해 도끼날을 던진다.

사람과 사람 사이 어찌 다를까
옹이 건드리지 않아야
관계 맺기가 이어진다.

인정함으로 다가가
결 따라 그의 가치를 존중해야 하나니
왜, 옹이겠나
가지 뻗어냈던 삶의 이정표들인 것을.

물꼬

필요한 곳에
물을 대기 위해서는
물꼬를 내야 한다.

힘 있는 놈들 논 부쳐 먹는
마름들에 의해 물이 넘쳐나야
아랫것들 논에 물을 댈 수 있었으니

원성이 하늘에 닿아 쟁의가 일어나고
물꼬 싸움에 사람이 죽어나니

같이 살자 외치는 이들은
아래로 더 넓게 물길을 내라 하고
세상 뒤집힐까 다독이기는 해야 하는 이들은
도랑 내어 물길 나눠주는 모양만 차리고 있다.

누가 있어
만인의 논에 물 흐르게 되는 그날까지
물꼬를 이어갈 것인가.

명자야. 미자야

산에는 생강나무
텃밭 가장자리 산수유
노란 꽃 매단 초봄이 지나갈 때쯤
연분홍 명자 꽃이 피면 가슴이 아려
아주 작은 동백
붉은 명자 꽃이 지천으로 피고 나면
심장이 뛰어. 시린 봄날에

명자 꽃 지고 허전한 마음
애처롭게 작고 하얀 꽃무리 피어나면
오 – 미자야. 달려가 너를 안는다.
너처럼 어여쁜 넝쿨을 본 적이 없어
찔레는 가시가 있잖니. 꽃을 보아도 슬픈데
너는 꼭 흐드러지게 핀 안개꽃 느낌이야.

명자 꽃도 지고 미자 꽃도 져버린 초여름
작은 모과 모양 열매 남긴 명자.
여름날 농익어 붉은 열매 맺을 미자.
너희들은 열매 맺기 위해 태어난 것일지 모르나
나무와 넝쿨, 피워낸 꽃 그 자체로
아름다워. 내 생의 연인들이여.

수련 꽃이 피던 날

기다리는 비는 오지 않고
연못물은 말라가는데
아침에 빼어 물었던
수련 꽃봉오리
오후 햇살에 꽃망울 터트렸다.

스스로 서지 않고
물 위에 자신을 내어 맡긴
연잎 한가운데
분홍 꽃잎 차례차례 열고선
염화시중의 미소로 피어나는구나.

기다림에 화답하듯
소나기 내리던 때
세찬 빗줄기에도 꽃잎 닫지 않고
한 치의 동요도 없이
지키고선 당신.

"바람에도 걸리지 말고
그저 길 위를 걸어라"
그리하면, 이심전심으로
갈급한 대지를 적시는 소나기 내리듯
통하리라는 것.

두 손 모아 합장하나니.

4

산다는 건

천년초 사랑

어릴 적, 구들방 윗목엔
키만 한 선인장들이 겨울을 나곤 했지.
이국적으로 생긴 모양새에
구레나룻 같은 가시를 달고
어울리지 않게 고운 꽃을 피워 낼 때면
미지의 세계에서 온 그놈들이 참 신기했었어.

'요놈도 선인장이에요'
딱 손바닥 크기만 하게 오뚝 서서는
구멍마다 짧은 가시 서너 개씩 이 앙다문 모습.
한 날 일시에
하나, 둘……. 일곱, 여덟
새끼들을 세상에 내어놓더라고
제 몸뚱이만 해진 놈들
모두를 들쳐 업었지 뭐야.

'버겁지 않니'
툭 툭 떨어져 나갈까 조바심 내는데
그 새끼들이 또 제 몸 닮은 새끼들을
줄줄이 매달았어.
손자까지 등에 업고서도 의연하니
아아, 저게 부모로구나.
언젠가 분리되어 저만의 세상을 또 만들어 갈 터이니
아아, 그렇게 역사가 되었구나.

천년초 사랑이여.

가을 앓이

계절이 바뀔 땐 꼭
하늘의 징조가 있어.
봄을 부르는 비는 따스한 기운이 있고
가을을 보내는 비는 찬 기운을 머금지.
긴 겨울 걱정하는 낮은 한숨처럼
밤새워 소리 없는 눈물이 땅을 적셔.

계절이 바뀔 땐 꼭
바람이 달라져.
봄을 부르는 바람은 가슴을 녹아내리게 하고
가을을 보내는 바람은 심장을 졸아들게 하지.
청춘처럼 빛나던 잎들
길 잃은 사람처럼 바람에 흩어지지.

느티나무 정수리가 훤해지고
비와 바람이 홀딱 벗겨놓은 맨몸뚱이 느티.
나도 모르게 내 몸을 내려다보네.
살도 내리고, 이도 빠지고, 허연 머리칼
산등성이 넘어가는 저녁노을 바라보며
그렇게 또 하루가 지는구먼.

곧, 눈이 올 게야.
'적막이 내리 쌓이는 것이 눈'이라 하잖나.

개와 고양이

개가 짖는다.
외부는 모두 적이다.
꼬리를 흔든다. 먹이를 구하기 위해.
덥석 먹는다. 게걸스럽게
더 크게 꼬리를 흔들며
끝없이 먹이를 탐한다.

고양이가 운다.
몸보다 소리가 먼저 오고.
때에 따라 울음이 바뀐다.
꼬리를 세운다.
경계의 안과 밖 조심스럽다
먹는다. 천천히 다가가
꼬리를 말고 앉아 조용히
제 양만 채우고 남긴다.

개가 똥을 싼다.
여기저기 가리지 않고
내 지른다.
오줌으로 영역을 표시하듯
존재를 확인시킨다.

고양이가 똥을 눈다.
자리 골라 앞발로 땅을 파고
엉덩이를 밀어 넣어 일을 본 후
흙으로 덮는다.
흔적을 남기지 않는다.

주인에게만 충성스러운 개여.
자존감과 독립심 강한 고양이여.
너는 누굴 닮았니.
개 같이는 살지 말자.
산정 높이 올라가
굶어서 얼어 죽는 표범은 아닐지라도
고양이처럼만 살자꾸나.

가고 오는 길

눈 내린 저녁
텃밭으로 난 길을 걷는다
하얀 도화지에 발자국 하나, 둘….

돌아오는 길
흔적 남긴 채 그 옆으로 걷는다
외롭지 않아 보이네.

살아온 길
다른 길로 되짚으니
삶이 넉넉하다.

자기 생을 끌어안은
위로의 눈길.

불 앞에서

불이란 게
사람을 불러 모으지
추운 날엔 더더군다나.

따스함이 먼저 눈으로 오고
열이 몸을 덥힐 때
경계와 긴장을 풀게 되잖아.

가운데에 불을 두고 둘러앉으면
친구인 게야, 형제인 게야
이웃인 게야.

한겨울 모닥불처럼
사람들을 둘러앉게 해 줄
희망의 불꽃 피울 수 있기를.

두 손 모으는 새해 아침.

산다는건

알량한 지식과 정보의 바다에 떠 있는
뗏목 위

난파당하지 않고
정초定礎하려는 유목민의 하루.

生의 가을녘

삽질이 힘에 부친 날은
유난히도 술이 땡겨.
술 없인 詩도 나오질 않아.
취하지 않고 살아낼 길 없는
가을녘에 들어선 生이여.
그만 내려놓고도 싶건만 내려놓아지지 않아
취한 척, 비틀거리는 연기를 하고 있네그려.

無我의 경지

소유한다는 건 집착한다는 것이지
내 것이어야 한다는 욕망에 스스로를 가두게 돼.

때론 사랑도
소유하려는 욕망이 집착을 낳아.

'내'가 없어야
더 넓은 '나'가 존재하는데도 말이야.

생의 집착에서 놓여나는 순간
죽음의 그림자도 친구가 되는 것을.

眞人 ^{진인}

하늘과 땅 사이에
인간이 있다.
영성과 물성 사이에
참사람이 있다.

이론과 실천 사이에
인간이 있다.
사상과 삶 사이에
참으로 사람이 있다.

문제는 '사이'다
경계, 그 속에 진인 眞人이 있다.

축복

詩가 점점 짧아져

사설이 필요 없어진 게지.

말수도 줄어

잔소리가 된다는 걸 안게야.

작은 키가 더욱 작아지는

날들이 오고 있어.

연과 수련

스스로 줄기를 뻗어
하늘을 이는 날개 잎
연은 청춘의 낯빛이어라.

물 위에 몸을 맡겨
흐름을 거스르지 않는
수련은 곱게 늙은이의 자태여라.

알알이 씨를 머금은 연주머니
저 하나하나에 피어날 꿈
언제 건 터져 싹을 틔우리.

수련은 씨 주머니를 달지 않아
턱까지 물에 차 꽃잎 내밀었으니
비가 오면 잠겨버려도
그날 피워낸 꽃으로 족하네.

내 맘처럼 소나기가

숨이 멎을 듯한 팔월 땡볕
어찌 등짐 지는 노동을 했는가
마음 한구석 서러운 날

내리붓는다. 소나기
태풍처럼 바람에 나무가 흔들리고
요란한 천둥 번개 스쳐 지나간 날

물러진 땅, 풀을 뽑는다
바람 냄새, 비 냄새 비릿한 향기
삶의 고단함을 뽑는다

찰나의 순간
모든 것은 지나가는 법.

어느 순간

일상처럼 쓰고 지우고
구겨버린 숱한 종이들
살아온 흔적 같은 날

하얀 종이 앞에서
망설인다.

뭔가 적으려는데
머리가 하얗다.

여백 같은 하얀 종이에
부질없어진 생각의 끈을 놓고

숨을 고른다.

지는 해를 바라보며

산등성이 잔잔한 수면 위로
수심을 알 수 없는 어둠이 내리면
지는 해 익어 노을 진 연분홍 고운 빛
어둠에 걸터앉는다.

저렇듯 깊어가는 밤은
바다가 아니더냐.
수면 아래로 잠겨 드는 세상
아침이 열리면 안개 걷히리.

들리는가. 저 파도 소리
일어서는 물은
다시, 산이 되는구나.

세 번째 마당

1

밭으로 간다

새해를 맞으며

어깨를 나란히 한
산등성이마다
하얗게 꽃을 피웠네.
작은 산들은 벌써
녹색을 머금었네.
봄이 오는 길목의 정월 대보름
머리 희끗한 겨울 산이
회춘을 준비하는 모습을 보았네그려.
사계절을 품은 저 산은
수천 년을 저렇듯
아무런 일 아니란 듯 세월을 견뎌 냈으리니
작고도 작은 이 한 생
무엇이 두렵고 어렵단 말이오.
흰 머리카락이 내려앉은들
어찌 내게
다시 찾아올 봄이 없다 하겠소.

생각해보니

작고 작은 인연이 쌓여
길이 되고
그 길 따라왔던 것이
인생 아니요.

작고 작은 어긋남이 쌓여
각자의 길을 가게하고
그 길 따라 살아낸 이력들이
인생이지 싶어요.

작고 작은 연민들이 쌓여
다시 길을 만들고
그 길 따라 늙어가는 것이
인생 아니던가요.

하루의 행복

은근히 취하는 건
막걸리가 딱이야.
빨리 취하는 건
소주가 최고고.
아쉬움에 입가심하는 건
맥주가 제맛이지.

그래.

노동할 땐 막걸리고
일 끝내곤 소주지.
여운 끝에 맥주 한 잔
그보다 좋을 순 없어.
제 몸 부려 먹고 사는 놈들에게
그보다 더한 행복 있으려나.

산모기

작고 작은 몸의
독기

군살 없는 날렵함에
떼로 움직이는 협공까지

상대를 희롱하며
유유자적

비루한 삶의 위대함이여.

이별에 대하여

몸이 떠나가면
반을 잃은 거예요
몸이 멀어지면
마음도 멀어지는 법이라잖아요.

마음이 떠나가면
모두를 잃는 거예요
마음이 멀어지면
몸이 남아 무얼 하나요.

소망하는 집

아무리 비싸고 좋은 옷일지라도
그 사람에 어울리지 않으면
거적때기에 불과하다.

집도 그러하니
절제와 여백 없이
어찌 살림집이랴.

보여주기 위한
부질없는 욕심이
한 생을 어긋나게 하노니

잠시 머물다가는 생의 끝자락
당신을 품어 줄 수 있는 집
얼마만큼 완성되고 있소이까.

소낙비로는 목말라

우르릉
하늘이 울고도
한참 지나서야

비가 내렸다.

어두워지지 않고
환한 하늘가로
비 내리니

소낙비로구나.

메말라 시들어
고개 숙인 잎들. 파르르
떨림으로 일어서나니

이레
비 한 방울 뿌리려
숨 막히는 날들이었구나.

비여.
소낙비로는 목말라
더, 더 주시게나.

장대비로 퍼부어 주시게나.

망초 망초 개망초

노란 눈동자
하얀 눈썹의
망초 꽃 수천 개의 눈이
밭둑을 둘렀다.

코스모스 줄기처럼
가녀린 대를 올리곤
찔레꽃처럼 작은 꽃잎
눈물 맺힌 듯 그렁하다.

망자의 땅, 망자의 나라
죽은 자의 영령으로 무리 지어 피어나니
그래, 그들을 기억하는 꽃이로구나.

숨이 턱에 차
김매고, 곁순 따고, 북주는
농부의 손길

지켜보고 있네
망초, 망초, 개망초.

목마르게 기다렸다

풀 죽은 호박잎
말라가는 고춧대
기운 잃은 온갖 식물들이

목마르게 기다렸다.

뿌리 드러낸 수련이며 어리연
떠오른 연못의 물고기
무당개구리만 남았다.

목마르게 기다렸다.

손 하나만 더 있어도 좋겠다는
농부의 굳은살 박인 손바닥
유월의 때, 씨앗 콩 땅에 묻으며

목마르게 기다렸다.

장마라는데. 장마라는데
왜 비가 안 오는겨.
하늘 원망에 한나절

그렇게 한참을 견디고서야
시작된 빗방울. 장마 뒤끝은 나중 일이여
퍼부어다오. 가슴 더위 내리게.

밭으로 간다

궁금해
씨 뿌린 놈들 싹이 났는지
마음이 바빠져
곁순에 무성한 가지
비바람에 쓰러질까 봐
가슴이 내려앉아
며칠 새 밭고랑이
쇠비름밭이 되어버렸어
딴청 피울 새 없이
밭은 오늘도 농부를 부른다.

신이나
감자가 여물고, 옥수수 알이 굵어가고
땅콩 꽃이 피던 날
마음이 번져가
오이 넝쿨, 호박 넝쿨, 참외와 수박 넝쿨까지
줄기에 맺힌 놈들을 보면 웃음이 절로 나
가슴이 무거워져
장만데. 고추가 썩어나고 콩이 쓰러지고
거두지 못하는 새끼들이 스러져 갈 테지
곁눈질할 사이 없이
농부는 오늘도 밭으로 간다.

들의 평등

어쩜 저리도 가지런히 자랐을까
지나는 이의 마음까지도
따뜻이 도닥이는 가을 논

서툰 농부의 논에는
삐죽이 자란 피와 들쭉날쭉한 벼들이
마음을 심란하게 하건만

키를 맞춘 벼들의 황금빛 물결
들의 평등
저 농부의 마음과 손길이 느껴진다.

어느 곳 하나 허투루 하지 못하는
농부의 마음이, 키를 맞춰
들의 평등을 이루는 것이려니

가을 논을 지나며
농부의 세상을 꿈꾼다.

거죽을 벗다

생각의 무게로
몸뚱이가 비틀거리던 날

지친 노동에 꺾인 몸뚱이
생각은 더 무거워지고

땡볕 더위만큼 숨이 막혀
주저앉던 날

옷을 벗는다.
찬물에 몸을 씻는다.

생각의 거죽을 벗는다
알몸으로 다시 서니

아무것도 아니구나.

정직

이 세상에 제일 정직한 게 뭐냐고 묻는다면
'똥'이라 말할 겨. 숨길 수가 없잖아.

어제 네가 무얼 먹었는지
냄새와 색깔로 네 똥이 말해주잖아.

무얼 보고, 무얼 들었는지
너의 말과 너의 삶이 말해주잖니.

말과 글로 싸놓은 삶은
세상에서 가장 정직한 너의 똥인 겨.

깔따구

모기도 아닌 것이
하루살이도 아닌 것이
떼로 몰려오는 저녁나절

잘 보이지도 않는 것이
눈에 어른거리며
얼굴 전체를 파고들 때

성가시고도 성가신
온갖 세상의 아비규환을 본다.
젠장맞을. 이런 깔따구 같으니라고.

거미-줄

나무와 나무 사이
불빛에 반사된 실오라기 하나

한 가닥
밥벌이로 쳐놓은 거미줄

생명-선이요, 생존-법이니
위대하구나. 비루한 삶이여.

홀로 선 나무

십여 년 전 심은 어린나무
몰라보게 달라졌어.

대공은 곧게 솟고
가지는 휘어지고 틀어져
고집스러워 보였어.

엇갈린 가지
가지에서 뻗은 무성한 곁가지
잘라냈지.

잘라낸 가지마다
옹이를 가슴에 품고
더 깊이 뿌리 내릴 너.

시간은 거저 흐른 게 아닐지니
네가 자란 만큼 나도 컸으리니

몰라보게 달라졌는데
'그대로네'
옛 모습만 기억하는구나.

섧구나. 인간사
겹겹이 쌓인 인고의 시간

홀로 선 나무여.

2

인생 사계

꽃

누군가를 위해
피지 않는다.

스스로의 이유로 피어나
누군가의 위로가 될 뿐.

기다림

기다리는 비는 오지 않았다
기다리던 사람도 오지 않았다

무심히 하늘을 올려다보고
무심히 집 앞 도로를 살폈다.

하릴없이 호미를 들고 밭으로 간다.
하릴없이 전정가위를 들고 곁가지를 친다.

그래도 비는 오지 않았다
그래도 사람은 오지 않았다

더는 하늘을 올려다보지도
집 앞 도로를 살피지도 않았다

아무 생각이 없는데, 우-다-다-닥
한줄기 소나기 지나간다.

'비다'하는 순간 멈추고 만 소나기
기다리지 않았던 듯

호미를 챙기고, 전정가위를 들고
무심한 일상이듯, 하릴없는 하루이듯.

가을밤

구름 대륙을 항해하는
보름달 배를 보았소

하늘 바다를 배경으로
구름 파도를 건너는 당신을 보았소

빨려 들어가듯 깊은 수심에
조각배 홀로 젖고 있는 나를 보았소

사라지고 남은 것

작은 연못에
수련 몇 뿌리 심었네
꽃이 피던 날 합장했지
복받치는 눈물 참아가며

태풍이 몰아쳤어.
물이 차올랐지
수면에 맞춘 키 잠겼네
물빛 그림자로 수장된 거야

바람 자고, 비 그치고
연못물이 내렸어.
수련 꽃 내밀더니 쭈-욱 빠진 물
수위에 맞춰 몸을 뉘었었지

한 귀퉁이
어리 연을 심었네
작고도 어린 연잎
가녀린 줄기였지

겨울이 오자 물 내린 연못
진흙 바닥 위 납작 엎드렸어.
비 내리고 물이 차오르는 순간
한 모퉁이, 절반, 전체를 덮더군

수련은 잊혔네.
어리 연만 남았네.

최선 最善

'최고의 선은 물과 같다'
도道의 경지를 생각하던 중

내 그릇은
연못일까, 호수일까, 바다일까

뜬금없는 생각에
아, 우물 같은 삶도 있겠구나

생명수
살아있는 것들의 목숨을 이어 줄

우물.
좋겠구나

넓지 않아도
샘물 나는 그 깊이만큼만 깊어

한 마을 생명 목을 적시는
아, 우물 같은 삶이여

초승달

날선

비수의 끝자락을 쥐고 있는

하늘에 걸어 놓은 운명.

다행

시도 때도 없이
성내던 거시기가
풀 죽은 지 오래

어쩌지 못하여
쏟아 놓고서야
밀려들던 허함.

그 오래된 갈망도
밥 먹듯, 똥 싸듯
삶의 일상임을 깨닫는 나이

성난 거시기들의 난장이
은밀한 공간에서
대명천지 발가벗겨질 때

동물적 본능과
인간적 이성의 절묘함이
생을 지켜내는 절제임을 본다.

우연과 필연처럼
한순간이
운명을 결정하노니

순한 양이 되어가는
거시기는
잘 살아 낸 생의 열매라

그대여
다행이로다.

노동은 나의 힘

나의 노래는 나의 꿈
나의 노래는 나의 희망이라고
노래하던 가수가 있었다.

나의 노동은 나의 꿈
나의 노동은 나의 희망이라고
고쳐 부른다.

죽을 만치 마음이 고달프고
일어나지 못할 만큼 몸이 곤해도
일하면 다시 살아나는

노동은 나의 생명, 미래
그 노동의 끝이 몇 푼 안 되는 돈일지라도
밭에서 농사짓고, 아이들과 부대끼며

살아있음을.
견디는 것이 아니라
이겨내고 있음을.

노동은 나의 꿈.
노동은 나의 희망.

개복숭아 꽃

저리도, 꽃이
아름다웠단 말인가

하얀 낯빛에 분홍 보조개
개복숭아 꽃 만개하던 날

황홀하여 멈춰 섰네.

이리도, 꽃이
빨리 진단 말인가

물오른 대지에 내리는 꽃비
개복숭아 꽃 지던 날

청춘을 소환하며 눈물지었네.

인생 사계

입춘 – 한겨울에 봄이 시작된다.
눈이되 봄눈이고, 비이되 봄비로다
일어나라 흔들어 깨우는 꽃샘추위
사춘기처럼 변덕스러우니
그것이 봄인걸.

입하 – 봄이라는데 여름이구나
짧은 첫 키스의 여운이 가시기도 전에
땡볕이로다. 청춘의 푸름이 녹음으로 가는 계절
태양은 따갑고, 그늘이 그립구나.
단맛, 쓴맛, 시린 맛의 청춘이어라.

입추 – 한여름 밤의 꿈이었던가
고갯마루에서 내려다보니, 수없이 많은 봉우리
땀 씻으며 돌아보니 훌쩍 오십.
갈무리할 가을걷이 나락 살피며
잎을 떨군다. 물 내리는 가을이로다.

입동 – 가을 서리에 놀란 가슴
긴 겨울 보낼 나락 곳간을 채워야 했는데
눈 내리고, 밤이 길다.
자그마한 방 하나 군불 지피고
옛말하며 두런두런, 그리 떠나고픈 인생길.

문

나의 방문을 걸어 잠갔다.
내가 문을 열지 않는 한
나는 밖으로 나갈 수 없다.

밖에서도 열 수 있다
누군가 열쇠를 가지고 있다면
부수고 들어가는 건 폭력이다.

나는 소망한다.

나 스스로 문을 열 수 없기에
누군가 나의 방문을 열어주기를
부수지 말고 열쇠를 찾아

그리하여, 손잡고
세상 밖으로 나가기를
나여, 너여.

어미 닭

한 달여를 품어
꼬리, 날개 바짝 세우고
또 한 달여를 돌보더니

어미가 떠났다.

냉정히.
이젠 너희들의 삶이라고.
나는 또 나의 일을 하련다고.

가르치는 이, 농부의 마음이어야

농부는 밭을 탓하지 않는다
비옥한 땅이든, 자갈밭이든
그에 맞는 농사를 지을 뿐.

농부는 '때'를 안다.
씨 뿌릴 때, 솎아 줄 때, 물 줄 때,
곁순을 쳐야 할 때, 북 줄 때, 거둘 때.

농부는 한 시도 눈을 떼지 않는다.
쓰러진 놈 일으키고, 웃자란 놈 가지치고,
병든 놈 솎아내고.

농부는 '스스로 그러함'을 믿는다.
땅과 자신의 노동을 믿을 뿐.

농부는 결과를 탓하지 않는다.
흉년이든, 풍년이든 결과에 상관없이
농사짓는 그 자체가 삶이다.

하루의 일상이, 사계절의 순환이
삶과 죽음이,
그저 흘러가는 것일 뿐이니.

3

어느 날, 문득

비 그친 연못 앞에서

바닥까지 마른 물
진흙 머금은 연잎 속에
거친 숨을 몰아쉬던 아가미

내 숨도 가빠
다 포기하고 싶을 때쯤
비가 내렸다오.

연못물이 차오르는 순간
내 마음도 차올라
연잎이 뜨고 물고기가 노닌다오.

차오르고 빠지는 건
두렵지 않다오
지금 나는 이대로, 행복하니까.

신화

빗물받이 주둥이가
달그락거렸다.

여닫이를 살짝 밀치니
툭 하니 참새 새끼 한 마리

기왓장 둥지에서 날아야 했는데
낙상한 모양이다.

어미가 볼 수 있게, 나무 아래
풀 더미 둥지 안에 앉혔다.

어찌 되었나, 다시 찾으니
새는 없고 새끼 두꺼비 한 마리

내 눈을 바라보았네.
정말로, 진짜로.

자정 무렵 연못가 쪽마루에 앉았는데
그 두꺼비, 눈 껌벅이고 연못 속으로 사라졌다네.

마음의 평화

일하자니 몸이 안 따르고
쉬자니 마음이 안 따라
일도, 쉼도 수월하지 않은 날들

밭 자락을 어슬렁거린다.
호미와 낫을 챙긴다.
뽑기엔 너무 커 버렸고
뿌리까지 깊으니 베기로 한다.
이이제이 以夷制夷
베어낸 풀로 뿌리를 덮는다.

고랑의 풀이 눕고
이랑의 작물이 드러난다.
나의 노동이 빛 날 때쯤
몸이 깨어난다.

마음의 평화로다.

땅콩

땅콩은
뿌리 작물이긴 한데
감자나 고구마와 달라

꽃은 줄기에서 피고
열매는 땅속에서 맺지
꽃이 먼 여행을 해야 하는 거야.

땅속으로 들어가
뿌리를 만나야 콩이 되는 거지
그래서 땅-콩이야

줄기와 잎이 보기 좋은 놈들은
땅속에 열매가 없어
낮고 넓게 몸을 펼쳐야 해

꽃들이 실뿌리에 땋아
도톰한 집을 짓고
손 맞잡은 두 알 서로를 위로하며

땅-콩이 되었어.

바람 앞에 서다

저만치서
세찬 바람 소리가 들리는 듯한데
고요하다.

얼마만한 바람이 불어오려고
이리도
숨을 고르는가.

오는가, 온다, 왔다
소리보다 먼저
키 큰 도토리나무가 몸을 떨었다.

장대같이 높은 키를 자랑하던
낙엽송이
부러질 듯 몸을 휘었다.

벽을 등지고 앉아
소리만 들었다.
몸을 가누지 못하는 나무만 보았다.

바람 앞에 멈추어 있는
한 남자만 있었다.

추석, 달 밝은 밤에

지루했던 가을장마
위력의 태풍까지
다 지나가리니
위로로 견디는 시간.

추석.
보름달
내보이려 그리했던가.

혼자 사는 아비
추석이라 찾아온 딸들
음식 냄새 가득하고
웃음소리 활기차다
산다는 건 이런 것일 텐데

너는 홀로 산중에
몸을 두고 있으니
오늘 밤의 달 같아
너는 가득 찼는데
홀로 외로워 보이는구나.

혜화 장터

청소년 주말학교
아이들과
장터 나들이하던 날.

투박한 고구마와 땅콩
초보 농군 모습 그대로
농부의 뜰 한 귀퉁이를 지킨다.

삼십 년도 훨씬 더 지난 그 날들에
청춘의 고뇌를 함께 했던
대학 시절의 안마당.

그 시절 인연들이
육십을 바라보는 중늙은이들이 되어
장터에, 얼굴을 내밀었다.

열일곱의 아이들과 함께
그 옛날의 전우들과 함께
고구마와 땅콩으로 만나다.

별들이 내게로 온 날

깊고도 고즈넉한 밤
보석처럼 빛나는 별들의
재잘거리는 소리를 들었다.

처음엔 춤을 추더니
깔깔거리고 웃고 떠들다
들썩거리며 한바탕 노래를 한다.

찬 소주 한 잔을 마신 듯
찌르르 가슴을 타고
온몸이 녹아내린다.

수백, 수천, 수만 개의 별이
온 하늘을 마당삼아
활짝 날개를 편다.

수백, 수천, 수만 개의 별이
온 땅을 하늘 삼아
활짝 피어난다.

지구의 별이 되었다.
나를 놓았다.

어느 날, 문득

버리지 못했다
언젠간 쓸모가 있을 것이라고
쌓아두고 쌓아두었다.
어느새 짐으로 다가왔다.

가슴이 답답하고 발은 무거워졌다
버려야지 버려야지
짬짬이
버리고 버리고 또 버렸다.

가벼워지는가 했는데
빈 자리에
짐들이 다시 쌓여갔다.
생존을 위한 모든 것들이 버거웠다.

삼시 세끼 먹는 일도
명분에 따른 삶도
그저 저지레 해 놓은 난장판 같아
사는 일이 무서워졌다.

안개

눈을 드니 장막이다

길이 보이지 않는데도
조금씩 옅어져 길이 열리는
마법의 성처럼

보이지 않는 그 무언가가 주는
설렘.
그래서 살아지는 삶처럼

오늘 나는
안개 속을 걷는다
고요히.

선 線

나무의 아름다움은
선線이다

대공에서 줄기
줄기에서 가지
가지에서 새순

선線의 완성이다.

가지에 가지를 치고
새순에 새순이 돋아
속이 보이지 않는 무성함

선線이 보이지 않는 때
나무는 늙고, 썩는다.

살려면
잘 살려면
아름답게 살려면

원선源線에 닿아야 한다.

위는 자르고
곁은 치고
가운데는 비운

절제節制의 선線.

바람이 분다

조용히 눕는다.
몸을 뉘어 쉬었으니
또 일어나야지

눕고 보니
쓰러지지 않으려 애쓰던 날들이 아련하다.
바람 불면 누웠다 일어서면 되는 것을.

코로나19 바람이 거세다
일상이 멈춰서고
세계가 숨죽여 떨고 있다.

대확산은 세계화의 덫이다
경계를 허물어 더 많은 배를 채웠던
세계 경제의 착취시스템이 무너지고 있다.

감염병은 부자와 빈자를 구분하지 않으니
선진국과 후진국을 나누지 않으니
교만과 허세를 깨우는 저 바람은

이제, 엎드려
다시 일어설 준비를 하라는 건 아닌지.

민달팽이

봄비 내린 저녁
길게 늘여 길 가는

민달팽이

너는 집이 없구나
그래, 민달팽이라 했지
나는 집으로 들어가는 길인데
왜, 나도 민달팽이인 것 같지.

스스로 이고 가는 집이 없으니
어디인들 너의 집이 아닐쏘냐.
나는 집을 이고 사는데도
거할 마음의 집을 잃었으니

민달팽이

비 오는 이 밤
너는 어디로 가느냐.

반목수·반농부의 詩로 쓴 일상 들여다보기

최미숙 편집위원

살갗에 닿는 바람이 차갑게 느껴지는 2월의 초입에서 만난 이동일 시인은 참으로 사람 좋은 얼굴을 하고 있었다. 가만히 있어도 눈이 먼저 웃고 있으니 마주 보는 이도 금세 미소 지을 수밖에. 그의 말투는 조금은 느리고 짧고 간결했다. 느낌 좋은 사람이구나 하는 생각은 그의 시를 접하며 바로 와 닿았다. 시집 '민달팽이'는 10년이 넘는 긴 세월에 걸쳐 써 온 그의 일기 같은 일상의 시들이다. 긴 세월만큼이나 다양한 소재를 담고 있다. 주로 일상에서 만나는 소소한 것들이 소재가 되었는데 참신하면서도 깊이가 있어서 한 수

한 수 책 넘김이 좋았다. '생활이 곧 詩'인 까닭일 것이다.

더불어 사는 삶

먼저 시인의 색다른 이력이 눈길을 끌었다. 80년대 학생운동과 노동운동의 일선에서 민주화를 위해 고군분투하던 청년기의 맑은 생각을 여전히 품고 사는 것을 시를 통해 알 수 있었다. 민중의 더불어 삶을 노래하던 청년 시인은 한옥 살림집 짓는 일을 업으로 삼았다. 흙집을 짓는 것으로부터 시작한 업은 해를 거듭하며 더불어 살고자 하는 소망을 담아 서원을 짓는 일로 이어졌다. '흙집에는 자연이 있고 어울려 사는 지혜와 행복과 겸손이 있다.'라고 말하는 시인은 현대생활에 지친 이들을 위한 치유의 공간이 되기를 소망하며 강원도 횡성의 어답산 자락에 행인서원을 열었다. 어린이 사계절 캠프와 가족 캠프, 청소년 주말학교, 발달장애인 친구들과 함께 하는 느린 농사 거북이 학교 등을 진행하고 있다. 강원도 공립형 대안학교에선 노작과 자연 및 인문학 강사로 수업을 진행해 왔으며, 한마을 청소년들과 인문학 수업 및 민회를 통해 마을 공동체의 길을 모색해 왔다. 그러한 일상과 함께 행인서원을 가꾸며 틈틈이 시와 수필을 쓰고, 말과 글과 삶이 하나가 되는 생을 위해 무던히도 애쓰는 모습이 시의 곳곳에서 보인다.

시인은 / 화장발로 덧칠한 권력의 / 민낯을 보아야 한다.
시인은 / 담합과 독점의 더러운 뒷골목 / 맨살을 드러내야 한다.
그리하여 시인은 / 닫힌 귀를 열고 / 얼어붙은 입을 녹여야 한다.

그로 인해 시인이 / 시대의 십자가를 진다면 / 그건 바로, 부활의 징표다.

〈시인의 소명〉 전문.

청춘의 불꽃 같던 의지도 세월이라는 시간을 만나면 사그라지기 마련이다. 그러나 시인은 적당히 타협하고 안주하는 삶에 머무르지 않고 시대의 십자가를 지는 일을 소명으로 받아 끊임없이 고뇌하며 더불어 사는 일에 온 힘을 다하는 모습이다.

집 짓는 일이 인간사와 닮았어

사갈을 튼 기둥에 / 도리와 보가 사괘 맞춤 되는 순간 / 관계 맺기의 진가를 본다. / 떡메로 툭 쳐 보면 / 서로를 짱짱하게 받을 건지 / 맥없이 쑥 들어가 / 꺾쇠로 고정할지 결정이 난다. / 떡메로 내리치는 맞춤의 순간 / '빡세다.' 소리가 절로 나야 / 긴 세월 견디는 뼈대가 된다. / 미리 치목한 나무들이 / 제 성질 못 이겨 / 서로를 받아들이지 않을 때 / '문 열어줘' 하는 소리가 들린다.

〈문 열어줘〉 중에서.

시인은 집을 짓는 일이나 사람 사는 일이나 모든 것에는 순리가 있음을 이야기한다. 관계 맺기란 것이 집을 짓는 일부터 사람 사이의 일까지 어찌 다를 수 있겠는가?

떨리는 손으로 / 대패 날을 처음 갈던 목수가 / 나뭇결을 다듬던 마음처럼 / 옹이의 폭넓고 좁음을 살펴 / 기둥 세울 땐 / 뿌리 쪽은 아래로 / 서까래는 밖으로 / 순리 거스르지 않고 / 집을 짜던 마음처럼 / 늘 첫 마음이길 기도하는 이 / 진짜 목수여.

〈첫 마음같이〉 중에서.

끊임없이 첫 마음으로 살기를 갈구하는 시인의 목소리가 생생하다.

직선과 곡선의 조화 / 그것이 한옥의 미다. / 기둥과 도리, 보는 / 건물을 떠받치는 구조물 / 수평과 수직이 반듯하여야 한다. 지붕의 선은 곡이다. / 모서리 추녀 사뿐히 들어 올린 듯 / 갈모산방에 태운 서까래가 / 선자 모양의 부챗살을 만들고 / 휘어들어 간 중앙의 서까래가 / 나래비 줄 맞추면 / 끝과 끝이 날개가 되고 / 안정적 몸통의 선이 생긴다.
(……)
서까래에 연정을 박아 고정되기 전까지 / 곡 잡힌 평고대는 타래 줄에 묶여 붙박인다. / 선이 자연스러우려면 / 휜 평고대와 그를 강제하는 줄이 필요하다.

〈추녀 곡 잡듯이〉 중에서.

한옥의 아름다운 선이 그림을 보는 듯 그려진다. 목수가 아닌 다음에야 이 아름다운 한옥의 이야기를 어찌 전할 수 있겠는가? 신성한 노동위에 그려지는 詩이며 미학 작품이다. 〈추녀 곡 잡는 대목장처럼 / 인생의 곡 잡아 볼 일이다.〉 사람의 마음가짐 또한 긴장하고 곡 잡듯 살아야 하는 일이라고 시인은 말한다.

허리 숙여야 / 땅을 팔 수 있는 삽질은 / 겸손한 노동이다.
허리 숙이고 무릎까지 굽혀야 / 씨를 묻고 김을 매는 호미질
은 / 낮은 곳을 향한 신성한 노동이다.

〈더 낮은 곳으로〉전문.

낮은 곳을 바라보는 시인의 언어는 첨언 없이도 절로 겸손과
신성을 경험하게 한다. 쉼 없이 앞만 보고 내달리는 현대인의 숨 고
르기 같은 일단 멈춤이다.

어쩜 저리도 가지런히 자랐을까 / 지나는 이의 마음까지도 /
따듯이 도닥이는 가을 논
서툰 농부의 논에는 / 삐죽이 자란 피와 들쭉날쭉한 벼들이 /
마음을 심란하게 하건만
키를 맞춘 벼들의 황금빛 물결 / 들의 평등 / 저 농부의 마음과
손길이 느껴진다.
어느 곳 하나 허투루 하지 못하는 / 농부의 마음이, 키를 맞춰
/ 들의 평등을 이루는 것이려니
가을 논을 지나며 / 농부의 세상을 꿈꾼다.

〈들의 평등〉전문.

평등의 사전적 의미는 '권리, 의무, 자격 등이 차별 없이 고르고
한결같음.'이라고 쓰여 있다. 농부가 만드는 들의 평등은 곧 시인
이 꿈꾸는 세상의 평등일 것이다. 민달팽이와 함께 출간된 산문집
'낮달'에서 시인은 주말학교를 운영하며 지치고 상처받은 아이들

의 자존감을 일깨워주는 일에 마음을 다하는 모습이 보인다. 어찌할 수 없는 먹먹함이 명치끝에 콕 박힌 느낌이다.

> "농사가 잘되게 하려고 세 개의 싹 중 하나만 남기는 솎아내기를 보았습니다. 건강한 싹이 세 개나 났는데 하나만 남기고 뽑아내는 방식이 너무나 안타까웠습니다. 뽑아낸 건강한 싹을 몰래 심어주었습니다. 두렁도 아닌 곳에 심은 것이 문제였는지 싹은 죽고 말았습니다. 다른 곳의 약한 새싹들도 뽑혔습니다. 꽃 한 번 열매 한 번 맺지 못하고 죽어버린 가엾은 생명입니다. 조금 늦게 싹을 틔웠을 뿐인데 배척당하고 큰놈만 남깁니다. 이것은 인간 사회에도 똑같이 적용됩니다."
> 농사짓는 과정을 통해 나름의 자기 생각들을 키워가고 있었다. 농사를 지으면서 솎아내는 것을 당연하다 생각했는데 뽑히는 새싹이 자기 같아서 마음 졸이는 그 마음을 어른들은 짐작이나 할 수 있을까?
>
> 《낮달》 중에서.

다 가진 듯 사는 세상이지만 어느 쪽이든 부족하고 아픈 구석은 모두 있게 마련이다. 지나치지 않고 마음 다해 보아주는 눈길이 때로는 위로가 되기도 하고 살만한 세상이 되어가기도 한다.

(……)
몸 쓰는 이는 위로 치받아 올라가고 / 머리 쓰는 이는 / 아래로 몸을 낮춰 내려가야 할지니
아래로부터 들어 올림이 / 위로부터 내려앉음이 / 만나게 되는 것

共有 · 共存 · 共生
꿈이어라, 이룰 수 없는 꿈이어라. / 그래서 또 영원한 꿈이어라.

〈革命〉중에서.

위아래가 무에 그리 다를 건가. 위아래가 조금씩 틈을 좁혀 내는 것. 共有 · 共存 · 共生을 이룰 수 없는 꿈이라고 말하는 시인의 목소리에 아픈 절규가 묻어난다. 시인이 꾸는 꿈이 곧 모두의 꿈이기도 하다.

더 낮은 곳으로

밑불 없이 / 장작불은 타오르지 않아
이름나고 행세하고픈 / 장작들이 즐비하지만
밑불이 사그라지면 / 불도 함께 꺼지는 걸
작은놈부터 큰 놈까지 몸 섞어 / 밑불 되길 작정하지 않으면
타오르지 않아
밤새 지필 통나무 얹어도 될 만큼 충분하게 / 그대와 나, 밑불로 타오르는 건 어때.

〈밑불〉중에서.

시인의 삶이 오롯이 보이는 시다. 드러내지 않고도 낮은 곳을 굽어보고 위하는 삶. 시인은 물과 바람, 하늘과 땅 그 어느 것 하나 허투루 보지 않는다. 나무와 새, 연못과 물고기, 개구리까지 무릇 생명 있는 모든 것들을 품고 산다. 자연과 사람이 함께 어우러져야 함을 말하는 그의 시는 말 그대로 생태 인문학이다. 바삐 돌아가는

현대교육에 필수 항목이 되었으면 하는 바람도 가져 본다. 어울려 사는 이들을 소중하게 생각하는 그의 인품이 60이 다 되어가는 동안에 그의 온몸에 밴 듯하다.

> 노인 목수가 그리는 집 그림은 충격이었습니다.
> 집을 그리는 순서가 판이하였기 때문입니다.
> 지붕부터 그리는 우리들의 순서와는 반대였습니다.
> 먼저 주춧돌을 그린 다음 기둥, 도리, 들보, 서까래……
> 지붕을 맨 나중에 그렸습니다.
> 그가 집을 그리는 순서는 집을 짓는 순서였습니다.
> 일하는 사람의 그림이었습니다.
>
> 신영복의《처음처럼》에서.

이동일 시인의 시를 읽다가 문득 신영복 선생님의 '목수의 집 그림에 관한 글'이 생각났다. 세상을 대하는 자세가 저마다 다름을. 시인의 인생을 다 알지는 못한다. 이 한 권의 책으로 그를 규정할 수도 없다. 다만 소리 냄에 대한 돌아다봄이다.

> 봄비 내린 저녁 / 길게 늘여 길 가는
> 민달팽이
> 너는 집이 없구나 / 그래, 민달팽이라 했지 / 나는 집으로 들어가는 길인데 / 왜, 나도 민달팽이인 것 같지.
> 스스로 이고 가는 집이 없으니 / 어디인들 너의 집이 아닐쏘냐. / 나는 집을 이고 사는데도 / 거할 마음의 집을 잃었으니
> 민달팽이
> 비 오는 이 밤 / 너는 어디로 가느냐.
>
> 〈민달팽이〉전문.

끊임없이 출간되는 수많은 책, 하고자 하는 이야기가 많은 수많은 저자와 무언가를 얻고자 오늘도 책을 집어 드는 수많은 독자. 그러나 어느 곳에도 명쾌한 답은 없다. 갈증이 나면 한 모금 물로 목을 적시듯 현대인의 삶은 때로 바쁘고 때로 공허하다. 민달팽이를 읽으며 그런 나의 일부가 느껴진다. 돌아보는 시간을 만들어주신 이동일 시인에게 감사를 전하며 더 많은 이들에게 〈민달팽이〉와 《낮달》로 영혼을 위로하는 시간을 제안해 본다.

2021년 4월 13일

이동일 시집

민달팽이
반목수·반농부의 시적일상

초판 1쇄 인쇄 2021년 4월 20일
초판 1쇄 발행 2021년 4월 24일

지은이 이동일
북디자인 이명림
교정·편집 최미숙·이명림

펴낸곳 논형
펴낸이 소재두
등록번호 제2003-000019호
등록일자 2003년 3월 5일
주소 서울시 영등포구 당산로 29길 5-1 삼일빌딩 502호
전화 02-887-3561
팩스 02-887-6690
ISBN 978-89-6357-249-9 03810
값 11,000원